《爱国奋斗精神学习读本》系列丛书

王大珩
赤子丹心　光耀中华

胡晓菁　著

中国科学技术出版社
·北京·

图书在版编目（CIP）数据

王大珩：赤子丹心　光耀中华 / 胡晓菁著 . -- 北京：中国科学技术出版社，2021.1

（《爱国奋斗精神学习读本》系列丛书）

ISBN 978-7-5046-8732-6

Ⅰ . ①王… Ⅱ . ①胡… Ⅲ . ①纪实文学—中国—当代 Ⅳ . ① I25

中国版本图书馆 CIP 数据核字（2020）第 132643 号

策划编辑	符晓静
责任编辑	符晓静　白　珺
封面设计	中科星河
正文设计	中文天地
责任校对	邓雪梅
责任印制	徐　飞

出　　版	中国科学技术出版社
发　　行	中国科学技术出版社有限公司发行部
地　　址	北京市海淀区中关村南大街 16 号
邮　　编	100081
发行电话	010-62173865
传　　真	010-62173081
网　　址	http://www.cspbooks.com.cn

开　　本	720mm×1000mm　1/16
字　　数	90 千字
印　　张	12.5
版　　次	2021 年 1 月第 1 版
印　　次	2021 年 1 月第 1 次印刷
印　　刷	北京博海升彩色印刷有限公司
书　　号	ISBN 978-7-5046-8732-6 / I · 49
定　　价	58.00 元

（凡购买本社图书，如有缺页、倒页、脱页者，本社发行部负责调换）

编写说明

为认真贯彻习近平总书记关于弘扬爱国奋斗精神系列重要指示精神，根据中共中央组织部、中共中央宣传部关于在广大知识分子中深入开展"弘扬爱国奋斗精神、建功立业新时代"活动的有关工作部署，中国科学技术协会组织编写《爱国奋斗精神学习读本》系列丛书，在先期出版《爱国奋斗精神学习读本》理论篇和榜样篇的基础上，推出弘扬爱国奋斗精神科技人物单行本，作为加强知识分子和青年学生思想政治教育、职业道德建设和科研道德培养的重要读物。

本次出版《王大珩：赤子丹心 光耀中华》，以纪实文学的形式讲述了战略科学家王大珩的爱国奋斗故事，展现了老一辈科学家严谨求实的科学精神和放眼全球、前瞻未来的胆识谋略，激励和感召后人以先生为榜样，投身建设社会主义现代化国家的新征程。

本书编写组
2020 年 11 月

《爱国奋斗精神学习读本》系列丛书
编 写 组

顾　　问　　万　钢
主　　编　　怀进鹏
执行主编　　束　为

《爱国奋斗精神学习读本》系列丛书
编写组办公室

主　　任　　李坤平
副 主 任　　秦德继　郭　哲　解　欣　谭华霖
　　　　　　林　立
成　　员（以姓氏笔画为序）
　　　　　　王晓平　白　珺　齐　放　肖　静
　　　　　　宋维嘉　孟令耘　柏　坤　宫　飞
　　　　　　符晓静

前 言

"两弹一星"是中华人民共和国成立以来,在国防科技领域取得的至高成就,大大增强了中国的国力,令中国在世界民族之林具有了优质的竞争力。为了实现国家和民族的富强,无数科研工作者前赴后继,他们之中,有的人隐姓埋名,甘愿在荒凉寂寞的大西北扎根一辈子,在工作岗位上默默奉献。老一辈科学家呕心沥血、为建设家国奉献终身的精神,永远是我们前进路上的指针和榜样,他们的事迹,激励着新一代的科技工作者,努力攀登科学的高峰。

王大珩是一名应用光学专家,是中国光学事业的奠基者,也是中国光学界的一面旗帜。由他参与创建的中国科学院长春光学精密机械与物理研究所,以及该单位分建、援建的光学机构，在中国国防光学领域做出了卓越的贡献，为"两弹一星"相关光学系统的研制立下了赫赫功劳。王大珩是中国千万名光学科学家的杰出代表，为中国光学事业的发展奉献终生，在他和许多老一辈光学科学家的坚持和努力下，中国光学事业克服了重重困难，从小到大，从弱到强，打下了坚实的基础，创下了如今的兴盛伟业。然而，王大珩不满足于此，晚年时，他以一名战略科学家的身份继续活跃在科学园地中，积极为国家建言献策，在许多对国计民生有重大影响的科技决策上，都能看到王大珩的身影。

1999年9月18日，在中华人民共和国成立50周年之际，党中央、国务院、中央军委隆重表彰为中国"两弹一星"事业做出突出贡献的23位科技专家，并授予他们"两弹一星"功勋奖章，王大珩正是获奖人之一。2018年12月18日，党中央、国务院追授王大珩同志改革先锋称号，颁授改革先锋奖章，他被评为"'863'计划的主要倡导者"。2019年10月1日，在天安门广场举行了盛大的庆祝中华人民共和国成立70周年大会，随着一曲深情的《红旗颂》奏响，印有王大珩、程开甲、于敏等著名科学家照片的荣誉牌在"致敬"方阵的礼宾车上被高高举起……科技事业代代相传，党和国家没有忘记科学家们为国家富强、民族复兴事业做出的巨大贡献，人民也将把他们永远铭记在心中！

目 录
Contents

1	引 言
7	第一章 灵气少年，膺东报国
23	第二章 清华学子，自强不息
40	第三章 身在异乡，心系祖国
59	第四章 大连大学，创办应用物理系
70	第五章 倾尽心血，打造光学基地

| 97 | **第六章**
"两弹一星"，铸造辉煌

| 118 | **第七章**
聚焦前沿，抢占高技术阵地

| 138 | **第八章**
倡立工程院，作用在关节处

| 154 | **第九章**
以我为主，促"大飞机"立项

| 170 | **尾　声**
心有大我，科技人永远最年轻

| 185 | **后　记**

引 言

他，是全国劳动模范；他，是国家科学技术进步奖特等奖获得者；他，是何梁何利基金科学与技术成就奖得主；他，是"两弹一星"元勋；他，为"863"计划点火又点拨；他，参与倡立中国工程院；他，促进了"大飞机"在我国立项；他，是改革先锋……

人们对他的科学人生是这样评价的："他对国家光学等科技事业的贡献，他的学术思想和对科技英才培养的成就，他对国家科技发展战略的重大建议等等，都将载入史册。"提起他的科学轨迹，大家是这样说的："早期作为科学专家，后来作为科学组织者和战略科学家，在振兴祖国科学技术的宏伟事业中走过了数十年奋进的道路，做出了卓越的贡献。"

他，被誉为我国的光学之父！

他，就是王大珩！

王大珩（1915—2011），江苏吴县①人，我国光学事业的奠基人。他不仅是一名应用光学专家，也是我国科技发展不可多得的一名战略科学家。他一生都怀有高度的社会责任感和使命感，晚年多次为政府建言献策，促进和推动了我国重大项目立项。

回顾王大珩的学术成长经历，青年时代他以优异的成绩考上清华大学物理系，接受了高质量、高水平的教育，令他受益终身。他的老师都是国内顶尖的物理学家，叶企孙、吴有训、周培源、萨本栋、赵忠尧，他们给予他严师的关怀，教授他丰富的知识。他还有钱三强、何泽慧、于光远等同班同学，许多人后来在学术道路上也取得了

---

① 吴县，历史地名，即今苏州市吴中区。

重大成就，他们都是他的好朋友，求学期间互相激励，互相促进。有良师和益友，在清华大学的学习经历，令他打下了物理、光学专业的良好基础，令他养成了重视实践、勤于探索的做学问的方法。清华大学的校训和学风，让他以严谨治学作为自己的行为标准。

王大珩

1938 年，在南京弹道研究所短暂就业之后，克服了战乱的影响，王大珩在汉口考上了"中英庚款"留学生，奔赴英国伦敦大学帝国理工学院物理系应用光学专业学习，这一走，就是 9 年多。他克服了在异国他乡的孤独生活，一心投入学习，在光学设计上取得了初步的成就。在取得硕士学位后，他赴谢菲尔德大学跟随玻璃学家特纳教授攻读光学玻璃博士学位。

1942 年，王大珩获得了一个宝贵的机会，得以入职英国著名的昌司玻璃公司。为了掌握光学玻璃制造技术，未来服务于自己的祖国，王大珩放弃了即将到手的博士学位，前往昌司玻璃公司当了一名物理实验师。他在这里连续工作了5年多，做了大量玻璃熔炼实验，取得了一系列成果。除了学习到光学玻璃的制造技术，他还获得了"包温氏奖"，取得了两项光学玻璃制造专利。他是英国最早研究稀土光学玻璃的学者之一。他以勤奋钻研和多有成就，赢得了英国昌司玻璃公司管理层和同事的尊敬。

身在异国他乡，王大珩始终眷念着自己的祖国。他与好友钱三强有一个共同的约定：将来要为建设一个强盛的中国而努力！1948年，学有所成的王大珩放弃英国的优越生活，回到阔别已久的祖国。他先是在北平研究院物理研究所工作，又辗转去了秦皇岛耀华玻璃厂。在观察到国民党的腐败统治、体会到当时的社会乱象后，他毅然选择投奔新生活，秘密来到东北解放区，参与到中国共产党领导的建设中。他在大连大学创办应用物理系，培养了一批应用物理专业人才，为大连大学办校做了许多工作。

中华人民共和国成立后，有感于我国仪器制造业的薄弱，王大珩把全部精力都投入发展仪器事业中，从1951年开始，他投身于中国科学院仪器馆的建设。当年从废墟上建立起来的仪器馆，现在是中国科学院长春光学精密机械与物理研究所（以下简称"长春光机所"）。这个研究机构，自20世纪60年代以来，参与了大量与"两弹一星"相关的光学研究工作，新时期以来，还为研制载人航天工程光学系统做出了贡献。作为中国重要的光学基地，长春光机所在发展中分建或援建了一批重要的光学科研机构，培养了一大批优秀人才，推动了中国光学事业的扩大和发展。同时，长春光机所参与国防光学研制工作，建立了有特色的学科基础。如今，长春光机所蓬勃发展，吃水不忘挖井人，人人都怀念老所长王大珩立下的卓越功勋！

1983年，因工作需要，王大珩调到北京，先后担任中国科学院技术学部主任、中国科学技术协会副主席等重要职务。新的时期，他的工作方向有了转变，除了关注学科发展，他还以国家科技事业大局为重，积极为政府建言献策。在"863"计划的实施、中国工程院的成立以及发展"大飞机"这三件关乎国计民生的大事上，都有他发出倡议的声音。作为一名战略科学家，他在为国家科学技术提供咨询中发挥了重大作用。

  王大珩，这位世纪老人，站在学科发展、科技发展的大局上，从一名技术专家成长为一名战略科学家，始终把国家的需要放在首位，想人民之所想，急国家之所需！他倾尽一生，以实际行动，诠释了老一辈科学家可敬、可爱、可贵的爱国奉献精神！

第一章
灵气少年，膺东报国

1915年2月26日，王大珩出生在日本东京中央气象台附近的一所普通的和式住宅里。他的父亲王应伟（1877—1964），字硕甫，是东京中央气象台的一名研究人员。王应伟留日多年，精通地球物理和气象学方面的知识，也是一名多有成就的学者。

王应伟出生于江苏吴县，家庭原本十分富裕，他是当地有名的王大元米行老板家的第四个孩子。因父亲对他尽力栽培，盼望他有朝一日蟾宫折桂，所以他自小便受到良好的教育。王应伟自幼聪慧，幼年时熟读四书五经，精通儒学经典，尤其喜欢算学，也学得很好，在16岁那年便考上了秀才。

然而，好景不长，王应伟的两位兄长相继去世，父亲又在40多岁的盛年暴病而亡，不久，母亲和两个伯父也去世了，王大元米行无人主事，很快就倒闭了。王家积蓄也在多次的家庭变故中花费一空。家道中落，王应伟不得不靠变卖家产、出租房屋为生。在这种情况下，王家门庭冷落，王应伟小小年纪便尝尽人间辛酸。为了谋生，他不得不放弃功名，辗转上海、潮州等地求学、求职，他当过私塾先生和中学数学教员，吃过苦，遭受过白眼，可以说是历尽艰辛。

多年来遭遇坎坷，令王应伟的性格变得越发坚韧，多地辗转讨生活的经历，也令他接触到各地的人，看到家乡吴县以外的世界，他眼界开阔了，对国家前途、个人命运有了更多的思考。他看到甲午战争惨败后日本强迫清政府签订《马关条约》（原名《马关新约》），得知连自己的家乡也被列为日本人自由来去的商埠；接着，义和团运动遭八国联军镇压，清政府又被迫签订了《辛丑条约》，中国遭到列强瓜分……那些年，国家受到外寇欺凌，遭受了莫大的耻辱。个人弱小，会遭遇强权欺凌；国家弱小，同样会遭到列强欺辱。随着王应伟年纪渐长，他更是知道这样的现实，十分明白覆巢之下岂有完卵的道理，认为国家的命运和个人的前途始终是紧紧相连的。

在攒下一笔钱以后，1907年，已到而立之年的王应伟没有选择回乡去过舒适的生活，而是决定自费东渡日本，他要"睁眼看世界""师夷长技以制夷"，以期学成归来报效国家。王应伟选择去日本留学，一是日本离中国近，所需费用较少且往来较为方便；二是他想了解与中国有相似经历的日本在"明治维新"之后是如何崛起的，学习日本的经验，待回国后救治病弱的中国。于是，他前往东京物理学校学习，在日本留学生活了许多年。

王应伟的留学生涯并不是一帆风顺的，刚到日本的时候，他连一句日语都不会说。但在不久以后，王应伟不但通过了语言关，而且在一边打工挣学费和生活费，一边学习的情况下，考试还总能得第一名。一个中国人在日本学习，取得这样优异的成绩，不禁令校方惊叹，日本的报纸刊登了王应伟刻苦学习的事迹，这件事引起了清政府驻日公使汪大燮的注意。汪大燮会见了王应伟，言谈中很欣赏这位有才华的中国留学生，在得知他因学费短缺而面临辍学的情况后，汪大燮为王应伟补办了官费留学的手续，解除了他的燃眉之急，减轻了他的学习压力。

王应伟勤奋苦读，他本就才华横溢，又有很强的学习能力，在日本期间，他除了学习日语，还精通英语和德语，能够熟练阅读外语文献。求学期间，他主动拓宽求知计划，除了学习学校规定的数学、物理各科学业，还选择了当时冷门的地球物理学和气象学，作为最后两年重点学习研究的领域，原因是他认为这两门科学是物理学中接近实用的科学，将来学成后可以对国家有所贡献。

王应伟在学习之余，始终关心着国内的形

势。1911年，当听说国内爆发辛亥革命、腐朽的清政府被推翻时，他兴奋得几近发狂，写下了"闻听革命遥传喜欲颠"的诗句。他十分期待新制度能够令未来的中国成为一个民主、富强的国家。

1912年，从东京物理学校毕业后，王应伟没有马上回国，因为学习成绩优异，经由东京物理学校校长推荐，他到东京中央气象台任职。东京中央气象台有十分完备的科学设备和资料，也有较好的研究环境，他打算在这里工作一段时间，广泛调研文献，并利用先进的设备条件进行实际操作，巩固自己在学校所学的知识，并打算在这期间，钻研出一个合适的研究方向来。在东京中央气象台期间，王应伟对中国古历研究产生了浓厚的兴趣，他本就精通中国文化，又受过良好的科学训练，很快就走上了正轨，后来也把许多精力投入这个事业中。

王大珩就出生在这个充满科学氛围的家庭里。1915年，世界上发生的大事是日本帝国主义侵略中国，向袁世凯提出旨在侵占中国的秘密条款——"二十一条"。当从报纸上得知这件事时，王应伟的愤懑之情难以发泄，他心中有一股火，既为国家的贫弱痛心，又痛恨列强的无耻。国情如此，王应伟给出生不久的儿子取了"膺东"的小名，寓意是满腔义愤打击东洋——日本帝国主义。

王应伟原本就立志要学成后报国，他的心和祖国始终是紧紧连在一起的，他决定早点回到自己的祖国去。王应伟于1915年夏天辞去在日本的高薪工作，携妻子周秀清和襁褓中的王大珩回国。

回国后，王应伟先在吉林中学堂教书，后应聘到北京中央观象台、青岛观象台等地工作。他在天文、磁力等方面做出了杰出成就。在简陋的条件下，王应伟研制成第一台国产风力计，回国后不久就写作完成了《近世地震学》《微积分》《实用国语文法》等著作，翻译了《气象器械学》，参与了《观象丛报》《青岛观象月报》等多份有影响力的刊物的出版工作，在学界取得了较高的声望。王应伟学贯中西，他最大的一个成

1933年，王大珩（后排右一）与父母和弟妹合影

就，是在20世纪50年代，成为中国科学院自然科学史研究室的一名特约研究人员，在一无工资待遇，二无课题经费的情况下，耗费数年心血，完成了《中国古历通解》。这部汇集王应伟多年心血的巨著，于1998年经科学史家陈美东、薄树人补校定稿，正式出版问世，在中国天文学、史学领域影响深远。

　　王大珩的求学道路无疑深受博学的父亲的影响，他在科学的氛围中成长，父亲是他走上科学道路的引路人。他的人生观、世界观的形成，他心中的爱国情怀和毕生对科学真理的追求，也深受父亲经历的指引。

王大珩 赤子丹心 光耀中华

王大珩的母亲周秀清（1889—1974）出生于苏州（吴县）一个书香门第家庭，著名历史学家顾颉刚的母亲，便是周秀清的族亲。周秀清早年在兰陵女学里受过教育，毕业后在上海一家幼儿园担任过一段时间的幼儿教师。她性格温和，为人贤惠，很擅长教育子女。据王大珩回忆，母亲勤俭节约，且常常告诫子女要热爱劳动，他是从母亲身上学到了吃苦耐劳的精神。王大珩在上小学之前，在父母亲的引导下，不但认识了不少汉字，还能够进行简单的算术。父亲王应伟考校之后，决定把5岁的王大珩送去上学。

王大珩先是在倡导科学教育，注重培养学生德、智、体、美全面发展的北京孔德学校上小学。这所学校是由民国时期的著名学者蔡元培和李石曾创办的，师资力量很强，有名师授课，还有占地广大的校舍，藏书丰富的图书馆，培养了很多知名校友，"两弹一星"元勋之一钱三强正是王大珩的小学同班同学。

但因为王大珩家离学校比较远，为了上学方便，1922年，王大珩转到了离家较近的汇文小学，继而升入汇文中学。汇文也是一所有名气的学校，创建于1871年，对教育抓得很紧，像建筑学家梁思成、动物学家刘承钊、生物学家梁植权、土木工程学家林同炎、神经外科专家王忠诚、物理学家谢家麟、书画家启功，都是汇文的校友。

无论是孔德，还是汇文，都是校风、学风良好，师资力量雄厚，且提倡培养学生科学精神的一流学校。王大珩在学校里接受的是最优质的初级教育，在校期间他完成了启蒙教育，系统、完整、科学的教育令他不但喜欢上了学习，还养成了自律、坚持的好习惯。

王大珩喜欢上科学，最初是受到了父亲的熏陶。他始终记得自己小时候父亲给他做的一个有趣的实验：把一根筷子插在水中，出现了挠折现象，筷子像被折弯了一样，在水下的部分发生了变形。王大珩觉得这种现象很有意思，他拔出筷子摸了摸，筷子是直的，但是一放到水里，眼睛看到的筷子就变弯了，他反复观察，脑袋里思考着筷子为什么会在水下发生弯曲。父亲就趁机告诉他，这叫作折光现象，并向他详细解释了这种现象产生背后的科学原理。王大珩从父亲的讲述中感受到了趣味，原来生活中无数奇妙的现象，背后都有科学道理的支撑。王大珩由此产生了强烈的探索欲，对科学产生了浓厚的兴趣。

父亲告诫王大珩，对科学的探索既要看结果，也要重视解析的过程。王大珩记得一件事，有一次学校布置了一道"鸡兔同笼"的算术题，说的是：一个笼子里养了鸡和兔子，加起来一共有30个头和100条腿，问笼子里有鸡和兔子各多少只。王大珩尚未学过复杂的数学公式，但他脑子转得很快，他用数数的办法，很快便得出了答案——10只鸡，20只兔！王大珩大声报出了结果，得到了老师的表扬。回到家，他喜滋滋地把这件事告诉了父亲，但父亲并未马上夸奖他，而是问他，这个结果是怎么得出来的？当得知王大珩是通过数数获得了结果，他立刻板起了脸，训诫儿子说，这种方法是不对的！要获得准确的结果，就要关注解题的过程，要用科学的计算，得到科学的结果，这才是学习应有的道理。王大珩受到父亲的训诫，羞愧地低下了头，他感到自己耍"小聪明"是不对的。王应伟教授了王大珩这道题的解题方法，告诉他如何运算，令王大珩不仅获得了准确的结果，还学到了算术的公式和推理的方法。王应伟教育儿子，要掌握的是现象背后的道理。这件事令王大珩终生难忘。

为了探索更多科学现象背后的道理，王大珩在父亲的激励下，开始自学高年级的课程。他自己也很聪明，学习进度很快，基础也打得扎实，用父亲的话说，就是孩子"有点儿灵气"，是个"考胚"。原来，王大珩从上小学以来，成绩一直很好，不但是家中弟妹的典范，而且还常常被班上的同学称为"小老师"。他很聪明，求知欲强，学习速度比班里其他同学快了一大截。王应伟很高兴，他给王大珩找了高年级的课本，并在工作之余，专门抽出时间来辅导他，给他解答难题。王大珩上中学后就开始自学，他在初中毕业以前就已经超前学完了高中全部的数学课程，还自学了大学的微积分，牢固地掌握了学习数学的方法，并打下了扎实的基础，这奠定了他未来从事科学研究的基础。

初中毕业以后，王大珩离开了汇文中学，跟随父亲迁居青岛，在青岛礼贤中学读高中。这所学校始建于1901年，是当地的一所名校，学校不仅规模大、校舍优美，办学条件也好，给学生教授中西文化，甚至开设了德语课。由此可见，王应伟自始至终重视子女教育，他尽可能在条件许可范围内，让子女受到最优质的教育。

王应伟重视理科教育，因为他认为理科是国家富强所需要的本领，他总是抓紧一切机会，引领王大珩学习理科知识，激发王大珩对科学的兴趣和爱好。为了培养王大珩的动手能力，王应伟常常带着学有余力的王大珩去观象台参观、学习。令王大珩印象深刻的是，在他上小学的时候，父亲就带着他做过地磁观测；上初中时，父亲手把手教他气象观测；上高中时，王大珩还是青岛观象台的小练习生……父亲教儿子使用科学器械观测星空，告诉他通过工具和数据来预测气象的方法，为他讲解地磁的概念和地震的原理。科学的现象和道理，令王大

第一章 灵气少年，膺东报国

珩深深着迷，这些经历是十分难得的，也是同龄的孩子体会不到的，激发了他的好奇心和求知欲，培养了他的创造力。

父亲对子女的影响是潜移默化的，王大珩自小便产生了学习科学的意愿。在王应伟的引导下，王大珩一步步走入了科学的殿堂。父亲把自己年轻时抱着"科学救国"的志向远离故土、负笈东渡的故事告诉了孩子。王大珩十分佩服父亲青年时代的选择，他从小的志向就是要以父亲为榜样，希望自己未来也能拥有和父亲一样广博的学识和见识，小小年纪便立下了成长为国之栋梁的远大志向。

王大珩的童年和少年时代，成长于积贫积弱的中国，当时国家遭受列强欺凌，国力落后。王大珩目睹国家因落后而挨打的现状，他向父亲询问过自己的小名"膺东"是什么意思，当他知道是"满腔义愤打击东洋"时，心中激起了一股豪情。

王大珩最初产生民族情感是在小学时，那时教师在授课时常常会告诉孩子们，国家正遭受帝国主义侵略，号召年幼的儿童努力学习，未来报效国家。这令他接受了早期的爱国主义教育。他还看到在公共场所，有不少革命者抨击英国、日本的帝国主义暴行。他在父亲订阅的报刊上读到了一些谴责外国侵略、质疑政府不作为的文章，这些都令王大珩对现实产生了思考。受到父亲的鼓励，王大珩加倍努力地学习。王大珩的高中时代是在青岛度过的，青岛是帝国主义的势力范围，又是通商港口，常有外国船只停留，这期间，他目睹了日本军舰在中国港口示威，自己还遭受过日侨孩子的欺辱。这些都令他真实地感受到：我们的国家很弱小，落后便会受到欺凌！

1931年9月18日，日本侵略者对我国东北军发起偷袭，并迅速占领了沈阳。震惊中外的"九一八"事变爆发后，日本步步侵占中国的领土，数千万不愿意做亡国奴的东北同胞被迫离开家园，开始了长达14年的流亡生活。这件事之后，全国上下掀起了轰轰烈烈的抗日救亡运动。王大珩看到过流亡的学生在街头流浪、听到这些流亡人诉说的痛苦遭遇，心中既愤怒，也哀叹国家贫弱受人欺辱，人民遭受巨大苦难。

　　抗日战争全面爆发以后，日本蚕食中国领土。1938年，日本侵略者占领了青岛，王大珩的父亲王应伟不愿意接受伪聘，便回到北平。即使再无收入养家糊口，王应伟仍毅然辞职，坚持了民族气节。王大珩很佩服父亲的选择，他对中国遭受侵略的历史是十分痛心的，每当想起这段国耻，王大珩便会低声唱起那首悲壮的《松花江上》：

　　　　我的家在东北松花江上

　　　　那里有森林煤矿

　　　　还有那满山遍野的大豆高粱

　　　　我的家在东北松花江上

　　　　那里有我的同胞

　　　　还有那衰老的爹娘

　　　　九一八　九一八　从那个悲惨的时候

　　　　九一八　九一八　从那个悲惨的时候

　　　　脱离了我的家乡

　　　　抛弃了那无尽的宝藏

王大珩

赤子丹心　光耀中华

> 流浪　流浪
>
> 整日价在关内流浪
>
> 哪年　哪月
>
> 才能够回到我那可爱的故乡
>
> ……

在种种情形下，王大珩认为，科学可以救国，国家的科学技术强大了，国家不再落后，便能打败侵略者，走向强盛！这样的思想影响了他的一生，王大珩自始至终，都认为科学技术是一个国家的根本。对科学的兴趣引领了他好学的开始，对国强民富的抱负激发了他学习科学的热情！

第二章

清华学子，自强不息

高中毕业以后，年仅 17 岁的王大珩同时报考了三所大学：清华大学、南开大学、青岛大学。这三所学校都是当时北方地区赫赫有名的大学，学校师资力量强，理科教学各有特色。那时候没有全国统考，考试是学校自行命题招考，自行录取和发榜。得益于王大珩中学时期打下的良好基础，在三所学校的录取发榜单上，他都榜上有名，且考试成绩十分优异：清华大学第十五名，南开大学第一名，青岛大学前十名。他最终选择了清华大学，就读于名师荟萃的物理系。

清华大学是一所名校，其历史可追溯到1909年的游美肄业馆，于1911年依托美国退还的"庚子赔款"而建立，校址设立在北京西郊美丽的清华园里。学校初成立时命名为清华学堂，后更名为国立清华大学。这所学校早期著名的校友有梅贻琦、竺可桢，并有著名的国学四大导师梁启超、王国维、陈寅恪、赵元任，学校一直以强调学术的独立性而闻名教育界。在1931年梅贻琦担任校长以后，清华大学迅速发展起来，并成为全国学术水平最高的大学之一。

清华大学物理系成立于1926年。这一年，清华大学设立了17个系，物理系为其中之一，系主任是著名的物理学家叶企孙（1898—1977）。清华大学物理系有很多有名的教师，除创始人梅贻琦和叶企孙这两位先生外，还有一批学术造诣较高的教授，如熊庆来、吴有训、萨本栋、张子高、周培源、赵忠尧等。不仅如此，物理系斥重资建设实验室，购置大批科学设备和图书，多方鼓励教师在教学之余进行科学研究，这在国内的大学中是不多见的，也令清华大学物理系的教学和学术水平双高。物理系自建系以来，在短短数年之内经历了极快速的发展，很快成为全国的学术中心之一。

清华大学的名气和物理系的师资力量吸引了王大珩，他慕名前来就读，以期毕业后从事物理学方面的工作。求学期间，他聆听过叶企孙教授的磁学、热力学课程，学习了吴有训教授的X射线放射课程、萨本栋教授的无线电课程、周培源教授的理论物理学课程以及赵忠尧教授的光学课程。大师们的讲授令他受益匪浅。

王大珩印象最深刻，也最尊敬的一位老师是叶企孙。他在入学之前就在父亲那里听说过叶企孙的大名，喜爱物理的他对叶企孙很景仰。

叶企孙是物理学大师，他原是清华学校1918年的毕业生，曾在美国留学，留美期间曾经用X射线短波极限法精确测定基本作用量子h值，被国际科学界公认为当时最精确的h值。不仅如此，他还讨论过液体静压力对典型的铁磁性金属铁、钴、镍磁导率的影响，受到国际物理学界的重视。回国以后，他受聘在清华大学担任教授，培养了许多物理人才，为清华大学的发展做了很多工作。

王大珩很仰慕叶企孙教授，他对叶企孙的印象是："思维敏捷，教学方法灵活独到，讲课从不照本宣科。他虽有很重的上海口音而且又口吃，但这丝毫不影响他把那些基本概念讲得清晰易懂。叶先生极善于把握关键。他负责讲授的热力学是最难懂的课程之一。每当讲到关键之处，叶先生总是不厌其烦地反复强调、重复讲解，直到学生真正透彻理解为止。"

王大珩对叶企孙印象深刻，叶企孙也很喜欢王大珩，对这位有灵气的少年十分爱护，经常教他一些学习的方法。王大珩加强德文学习，就是在叶企孙的启发下进行的。原来，在一次考试时，叶企孙给王大珩出了一道统计物理学的考题，但内容是开放式的，那就是给了王大珩一本德文统计物理学专著，要他在规定的时间内读完，然后写出见解。王大珩在高中时学习过德语，但他并不精通，还不能流利阅读一部德语学术原著。但王大珩不愿意放弃这道考试题目,他没有向老师诉说困难,让老师重新出题,而是在老师的激励下,借来字典等工具书,花费了大量时间查阅,从而能逐步阅读原书。他从语法、文字、内容等方面研读著作,一边读,一边记笔记,一边想,最终做到了融会贯通,并根据自己的理解写下了阅读心得,最终交出了一份令人满意的答卷。

叶企孙还是王大珩毕业论文的指导教师。王大珩受叶企孙的启发,选择光学仪器研究作为自己毕业论文的钻研方向。他在毕业设计时试制了高分辨率的光谱学设备,并且利用它作光谱线的精细结构研究,完成了题为《卢膜盖克干涉仪进行光谱高分辨率的实验》的毕业论文,获得了学士学位。这可以算是王大珩与光学最初的结缘。他也在做毕业论文的过程中发现了对光学的兴趣。

叶企孙是王大珩学术道路上一位重要的老师,王大珩选择以光学为自己的终身奋斗目标,后来得以在英国攻读应用光学专业,便是受了叶企孙的引导。叶企孙因材施教，他总是根据学生的爱好和特长，对他们施以引导。叶企孙喜欢和学生们交流，询问他们的学习情况和兴趣爱好。他有一个小本子，里面专门记录了他与学生的对话内容，他每每翻起这些谈话记录，就开始思索每个学生的特长在哪儿，该推荐他们到国外去学习进修哪个专业。在推荐学生出国留学的专业问题上，叶企孙做了很多考虑。王大珩回忆："在设置留学生的专业和名额上，叶先生有深谋远虑。在抗战前中国的光学工业是零，而国防需要光学机械，为此他设置了应用光学这个名额。"

叶企孙不仅关心青年学生的个人前途，还怀着一颗忧国忧民的心。在专业设置上，考虑到学生的特长爱好，他希望学生们的专业学习未来能用在为国服务上。例如，在 1937 年华北危急时，叶企孙向当时的国民政府兵工部门提议派遣有志青年到德国学习兵工弹道学，以期他们学成之后投身国防科学事业，为国效命。在后来的抗日救亡中，他不顾环境恶劣，帮助、支持自己的学生为冀中抗日军民研制和运送 TNT 炸药、地雷、无线电器材、药品等物资，做了大量有益的工作。叶企孙对国防的重视，影响了王大珩，令王大珩对国防科学的发展尤为关注，并将之作为强国的重要条件。

叶企孙把自己的一生奉献给了物理教育事业和他的学生们。王大珩始终怀念这位老师，他常说，从叶企孙身上学到的，不仅是物理学知识，还有他爱国的、无私的人格。王大珩在人生路上，常常想起叶企孙，他感怀老师总是为他人考虑，佩服他时时从大局出发的格局，并以叶企孙为自己的榜样。

王大珩的另一位老师吴有训是中国近代物理学的奠基人，他在清华大学建设了近代物理实验室，做 X 射线对金属结构的研究。吴有训教学的特色是鼓励培养学生的动手能力，这一点对王大珩影响很大。在吴有训开设的一门名为"实验技术"的选修课上，他教学生做金工实习，让学生认识并实际操作实验仪器和设备，其中有一台当时国内少有的吹玻璃设备，就是吴有训在美国进修后带回来的。王大珩从吴有训那里学会了烧制玻璃和吹制玻璃的关键技艺，这令他终身受用，他对玻璃的认识就是从这里开始的。

吴有训在实验教学中发现学生的才华，他总是记挂着学生的前途。1938年，王大珩在武汉参加庚款考试，还是吴有训前来告知他招考的消息，并嘱咐他去报考。在得知王大珩想报考应用光学专业时，他很支持，并劝说自己的另一位学生不要报考同一专业，以免形成竞争，降低录取率。在王大珩赴英留学前，吴有训还特意到香港码头送行，并殷殷叮嘱爱徒："你们好好学习去吧！待你们学成归来，抗战届时终了，你们能更好地为祖国效劳。"在王大珩学成归国以后，吴有训听说他正辗转寻找工作，又把他介绍到解放区。王大珩后来在大连工学院（今大连理工大学）创办应用物理系，为学校建设、培养人才发挥了极大的作用。

王大珩还有一位老师，名叫周培源，是一名流体力学专家、理论物理学家。周培源很有爱国情怀，"一二·九"运动时，他特意在清华大学开设弹道学课程，以激发学生们对国防科学的兴趣，引导他们从事相关研究，以期青年人为国家未来的国防强大而努力。

1937年卢沟桥事变后，周培源曾带着王大珩一同南下逃难。一路上，周培源悉心照料着王大珩，与他谈心，教导他，把他当作自己的亲人一样。据王大珩回忆，那段时间的经历对他未来择业的志向产生了巨大的影响，这正是受到了周培源的影响："战争已使我的旅途蜿转曲折，先是乘船去上海，然后是乘长途汽车经嘉兴、无锡，先回到周老师家乡宜兴。周老师真是待我如家里的亲人，逃难路上要住一次旅馆，他让我和他全家同住在一间房里。在宜兴住了一个星期，这是我生平第一次接触到农村生活。我看到农村生产技术的落后，周老师语重心长地指出应当把改变我国落后面貌作为我们的责任，我们要救国，有多少事情要做啊！要把眼光放开，不能把自己圈在纯粹物理的小范围内。我理解这是他赞成我去弹道研究所的初衷。周老师的教诲，终生难忘，决定着我以后走上从事应用科学研究的道路。当时到了南京，周老师亲自送我去弹道研究所,并会见了该所所长,然后才西去长沙。"正是与周培源的谈心,令王大珩一步步坚定了自己内心的想法——只有国家的国防强大了,才有武力击退侵略者,才能自立于民族之林!这个观点贯穿了王大珩一生的学术思想,他义无反顾地投身国防光学事业,从事与"两弹一星"相关的光学研究,也是基于这个思路。

清华大学物理系培养学生以"重质不重量"著称,物理系每一届招生不多,对学生严格要求,既重视学生的理论课学习,也重视培养学生的动手能力,开设了实验课。例如,第一年,学生要上普通物理;第二年要学中级电磁学、中级光学、中级热学和中级力学,同时还要学习中级物理实验;第三年要上力学、热力学、电磁学、光学和分子运动的物质论课程;第四年除了要学习近代物理学、无线电学等理论课,还要学习近代物理实验与无线电实验。物理系学生接受的是全面、系统的优质科学基础教育,王大珩在这里打下了扎实的物理学基础,也为他在英国留学阶段选择光学作为研究方向提供了良好的条件。

清华大学物理系培养了大量优秀人才，在王大珩之前的毕业生里，已经出了像王淦昌、施士元、周同庆以及钟问这样的优秀人才。王淦昌、施士元、周同庆都成了知名的物理学家：王淦昌为"两弹一星"元勋；施士元是居里夫人的学生，也是我国最早从事核物理研究的学者之一；周同庆则是我国最早从事光学、真空电子学和等离子体物理学研究的领军人物之一。他们为中国的物理学发展做出了很多贡献。

王大珩始终怀念在清华大学物理系度过的难忘时光，清华大学优质的教育令他受益终身，在这里，他学到了知识，培养了实际操作的动手能力，也结交了心心相印的好朋友。王大珩与同学们一同进步，互相影响，度过了刻苦努力的四年美好时光。

王大珩这一届考入清华大学物理系的学生有 28 名，但物理系实行的是淘汰制度，成绩跟不上进度，或不适合学物理的学生，随后就陆续转系或转校了。到大学二年级的时候，物理系只

王大珩（前排左二）与清华大学同学的合影

剩下12人，此后坚持到毕业的只有9人，加上1934年从上海大同大学转入清华大学物理系的于光远（郁钟正），一共10名学生。这些毕业生有钱三强、杨龙生、杨镇邦、谢毓章、陈亚伦，难得的是，还有3位女生：何泽慧、戴中扆（黄葳）和许孝慰。其中，钱三强、何泽慧伉俪被称为中国物理学界的"居里夫妇"，是王大珩相识时间最长的挚友。朋友们互相影响，在人生的道路上志同道合、互相鼓励，最难得的是，他们毕生都在为国家富强、科学发展而并肩奋斗！

钱三强是和王大珩交情甚笃的大学同学。他们在小学时候就认识了，是孔德学校的同班同学，钱三强记得王大珩读书的时候因为年纪小，是班上个头最矮的学生，这令他印象很深。后来他们又在清华大学物理系重逢了，彼此都感到很有缘分。四年同窗生涯中，两人一起学习，时时谈心。大学毕业后，他们一位在英国，一位在法国，又遇到了第二次世界大战，但他们的友情丝毫没有被国界和战火阻断，一有机会他们便通信、往来。他们在国外团聚时，常常回想起在清华园里读书的难忘时光，一起畅想未来回国后建设祖国的美好蓝图。20世纪50年代以后，二人同在中国科学院工作，同为"两弹一星"工作做出贡献，都是我国发展国防科学的元勋人物。在得知钱三强去世的消息以后，王大珩心中悲痛，他写下诗作《忆三强，我的挚友》，以诗抒发胸臆，回忆与钱三强的交往：

幼自更名志气先[①]，人道少年非等闲。
四载清华攻"牛爱"[②]，一朝出国成大贤。
纷纭战火历辛苦，难得何姐结良缘。
诚赞华夏有居里，铀核三分创新篇。

王大珩

赤子丹心 光耀中华

祖国革命换人间，英才驰骋有地天。

计穷顽敌施细菌，敢邀正义揭凶焰。

两研纵横继往业，一院科学展宏颜。

原子大事奠基业，春雷一声秉穹轩。

十年动乱耐磨练，响应改革志趣坚。

霞光照晚红灼灼，赢得国际好名衔。

须知继业满桃李，荣哉奋拓半百年。

相识七旬称莫逆，哀悼挚友痛心弦。

王大珩原诗注：①三强幼时与我在孔德小学同学，他原名"秉穹"，后来自己改名"三强"，用以自勉，可见从小志气不凡。②喻牛顿、爱因斯坦。

钱三强的妻子何泽慧，是中国少有的女性核物理学家，王大珩总是亲昵地称呼她作"何姐"。何泽慧出身名门，自小聪慧、勤奋，性格坚韧，读书也好。从清华大学毕业以后，她争取到山西省官方资助出国留学。王大珩告诉她德国的军事工业先进，还有一位权威的弹道学专家克兰茨在南京兵工署担任顾问。何泽慧一心想学军工，打击日本鬼子，王大珩的建议令她在心中勾画出未来的蓝图。她遂前往德国，在柏林高等工业学院技术物理系学习弹道专业，并于1940年获得工程博士学位。王大珩赞颂何泽慧在物理学方面的成就和贡献，赞誉她为"华夏居里魂"。在何泽慧九十寿诞之际，王大珩作诗一首表示庆贺：

> 春光明媚日初起，背着书包上班去。
> 尊询大娘年几许，九十高龄有童趣。
> 毕生竞业呈高能，尤庆后继茂华林。
> 夕阳照晚红烂漫，赞我华夏居里魂。

清华大学的校训是"自强不息，厚德载物"。这句话来自《周易》："天行健，君子以自强不息；地势坤，君子以厚德载物。"1914年，梁启超在清华学校做的一次题为《君子》的演讲中援引了这句话，此后，清华人便用"自强不息，厚德载物"作为校训。自强不息，即奋斗不止、奋发图强、不屈不挠、追求卓越；厚德载物，则是要有团结民主、严己宽人、兼容并包的博大胸怀。校训激励了数代清华人不断奋斗。王大珩自入校以来，便接受校训的熏陶，他以作清华人为荣，恪守规范，严守校训。在他的学术生涯中，自强不息一直是激励他不怕困难、不断创新的动力；他一生待人宽厚，也较好地阐述了君子之德的含义。

王大珩在清华大学就读期间，一边遨游于知识的海洋，一边关注时事，这期间他已经知道了中国共产党在陕北建立革命根据地的事了，他还参加了中华民族解放先锋队组织。这段时间，也正是日寇侵犯我国国土、欺凌我国同胞之时，他目睹了流亡学生的苦难，对侵略者满怀愤恨。他第一次奋力发出爱国的呼号是在1935年的"一二·九"运动中。

尽管相比于其他大学，清华大学的政治活动较少，因为校长梅贻琦主张清华大学学术独立，师生应该以教学和学习为主，但在外敌欺凌之下，风雨飘摇的中国，已经放不下一张平静的书桌了。这一年，侵略者的魔爪伸向了我国华北，热血的学生们不再沉默。12月9日那一天，热血的青年学生们团结在一起，聚集成长长的队伍，顶着凛冽的寒风，勇敢地走向街头。

他们在进行一场浩大的示威游行。学生们振臂高呼着"打倒日本帝国主义""停止内战,一致对外""用武力保护华北"的口号。王大珩正是"一二·九"运动的积极分子!根据可靠的档案材料记载,他那时还参与了发起运动的提议,那一天,从早上到晚上,他在游行中高声地喊出了口号!

还有一件事,1936年,于清华大学毕业前夕,学校组织学生参加为期3周的毕业参观。王大珩与同学们坐上了南下的火车。一路上,他目睹了一群日本浪人为了运输走私货物,用武力强行驱赶中国乘客下车,以占据火车皮。在场的学生们目眦欲裂,却又无可奈何。这件事令他再一次感受到在国家贫弱的状态下,人为刀俎、我为鱼肉的无奈,落后就要挨打,受到苦难的永远是手无寸铁的老百姓。他当时就立下了志愿,未来一定要用科学报效国家,令国家早日富强起来,令我们的人民永远不再受到欺辱!

第三章

身在异乡，心系祖国

20世纪40年代的王大珩

1936年夏，王大珩从清华大学毕业后，先是留在学校担任助教，不久以后，他考上了"史量才奖学金"物理专业，得以继续深造。他师从赵忠尧，在清华大学攻读核物理方面的研究生，实现了他一直以来希望学习军工科学的心愿。

但王大珩的研究生学习仅有短短半年时光，随着"卢沟桥事变"爆发，日军进犯北平，清华大学的校园难逃被日寇侵占的命运，王大珩不得不中止学业，南下逃难。他原本是要去长沙临时大学（西南联合大学的前身），但在逃难期间的所见所感，令他产生了暂停学业，去从事具体国防工作的想法。他希望为战争取得胜利做一些实际工作。老师周培源支持他的想法，亲自把他送到了位于南京的弹道研究所，当时他的同班同学陈亚伦和杨镇邦都在这里，他们也劝说王大珩不要去长沙，而是留在研究所里工作。

一番考虑后，王大珩决定留在弹道研究所就业。他从八级技术员起步，先做文职工作，主要是编制弹道表，做各种兵器材料的试验，编制炮兵器材的说明书等。不久后，因为南京沦陷，他又随弹道研究所转移到武汉，这期间，他和杨镇邦一起从事炮兵技术试验。王大珩在本科的时候已经上过弹道学的课程，但在弹道研究所实际参与的工作和这一年多的经历，令他认识到弹道学在国防军事工业中的重要性，看到物理学为国防服务的广阔天地，收获很大。后来，王大珩回顾这段经历时，常有感慨，正是他早期从事兵工方面工作的经历促使他后来积极地把光学应用于国防事业。

1938年，身处武汉的王大珩从吴有训那里得知了庚款留英考试的消息，他立刻动身，前去汉口考场参加考试。

"中英庚款"是英国退还的庚子赔款。受庚款留美的启示，英国于1930年与南京政府换文，以英国退还庚款利息的15%用于考选赴英留学生。中英庚款的章程规定"凡国内高等教育机关成绩优良助教及各大学毕业生之服务于社会具有特殊成绩或专门著作，得参加此项考试"，章程指出，需专门以上学校毕业从事研究或相关职业两年以上才有报考资格。从1933年起，中英庚款用于考选留英公费学生，此后大约每年招考一次，一共录取了9届，共193人，著名科学家和学者郭永怀、陈省身、钱锺书、钱临照、许宝騄等人，都曾是中英庚款留学生。

王大珩正符合招考的条件——他在清华大学当过助教,又在弹道研究所工作了一年多。消息来得急,他也没什么时间准备,便匆忙地走进了考场。

考试科目有党义、国文、英文以及3门专门科目(部分专业加考"著作"科目)。因战事告急,日寇逼近武汉,考完后不久,他来不及等成绩出来,又随着弹道研究所迁去了湖南衡阳。王大珩最终是在衡阳乡下得知自己考上了第六届庚款留英公费生的消息。考试成绩公布,他各科目的成绩是:党义40分,国文60分,英文40分,另有与专业相关的3科专门科目分数分别是70分、64分和67分,各科目按比例折合后的总分为56.45分。

中英庚款考试对考生是做了精心挑选的,应选的都是成绩优异、基础扎实的学生。王大珩的考试成绩十分靠前,在众多考生中脱颖而出。这一届中英庚款考试,报名的人数多达439人,应考人数有338人,最后仅录取了20人,录取比例接近1∶17,可以说是十分严苛。这一年与他一起考上的，有理论物理专业的彭桓武，他比王大珩早一年从清华大学毕业，算是王大珩的同门师兄。彭桓武前往英国爱丁堡大学攻读哲学博士学位，师从量子力学奠基人马克思·玻恩，回国以后，长期从事理论物理的基础与应用研究，于1999年被授予"两弹一星"功勋奖章。

王大珩接到出国通知，已来不及北上回家和亲人们告别。他只能寄出书信一封告知父母自己的情况，之后便背上极简单的行囊，匆匆告别了祖国，出发前往英国。那时候交通极为不便，他从衡阳出发，辗转多日，待赶到香港的港口时已经接近出发的最后期限。在与其他赴英学生会合后，他于1938年9月17日登上一艘赴英国的大客船。船舶于9月19日离港，随着船舶离港的汽笛徐徐鸣起，王大珩想起了父亲描述过的昔日东渡日本的情景，此情此景何其相似。他心中翻腾着一番复杂的情绪：这一去，山高路迢，亲人不知何年何月才能相见；这一去，祖国已在海岸对面，未来又是何种模样，不得而知！

王大珩在英国的好友、同船去英国的留学

生、后来成长为海洋生态学家的朱树屏形容那时候同船使用庚款赴英学生的感受，是"忍辱负重""庚款锥刺股""胯下学勾践"。王大珩也有相同的感受。几位同伴在船上击掌立志，发誓在英国要努力学习，学到国外的先进科学技术后，将来回国共建强国大业！

轮船经过20多天的海浪颠簸，到达法国马赛港，一行人改乘火车，于10月中旬抵达目的地伦敦，王大珩前往伦敦大学帝国理工学院物理系应用光学专业学习。

帝国理工学院的光学研究是从第一次世界大战开始的，最初开设的是技术光学课程，经过20多年的发展，在英国有一定的名气。王大珩在英国光学专家马丁的精心指导下，主要开展光学设计研究。

王大珩本就有很好的英语和德语的学习基础，语言能力很强，所以很快就适应了在英国的生活。到英国后不久，他就说得一口流利的英国话，这样，他很快便融入了英国的交际圈，与老师、同学交流得很好。

王大珩日常的生活十分俭朴。读书期间，庚款给他的学费、膳宿费每月有24英镑，这笔钱虽然已经足够应付他在国外的开销，但因为那时候他的父亲王应伟已经赋闲在家，北平家中没有额外的收入，为了减轻家庭的负担，他每月就在生活费上省了又省，这样每攒下一笔钱后他便寄回国去，供家庭生活开销和弟弟妹妹读书使用。为了省钱，他在离学校不远的地方租了一间鸽子笼般大小的房间，只放下一桌、一椅、一床和简单的生活用品后便再也转不开身了。王大珩每日清晨起床，步行去实验室学习和工作，晚上看书到很晚才回去休息。他的膳食更是简单，每日吃过早餐，再简单做一些吃食带到实验室充作午餐和晚餐果腹。身上的衣服总是那么几件，他只要衣服整洁即可，虽然没有补丁，但也是穿到旧了才换新的。他习惯了这样俭朴的生活，从不觉得是吃苦，并把节约当作一种生活习惯。后来他经济条件好转后，也未耽于享受，而是始终保持勤俭、朴素的生活习惯。

王大珩几乎把全部精力都用在了学习上，在

第三章 身在异乡，心系祖国

帝国理工学院学习期间，他刻苦努力，抓紧每分每秒，在光学设计领域打下了很扎实的基础，尤其是在像差校正方面做了开创性的工作。他有一篇研究论文《在有球差存在下的最佳焦点》，经过马丁教授推荐，在1941年的《伦敦物理学会会刊》上发表，这也是他在伦敦大学帝国理工学院两年多硕士学习阶段取得的重要研究成果。他的这篇论文后来被学界公认为是具有创造性的，并在后来的几十年间，不断被一些教科书引用、借鉴。日本著名的照相机技术专家小仓磐夫说，自己的专著《现代照相机和照相物镜技术》就是受到了王大珩这篇学术文章的影响。他还在自己的书中专门列了一个章节，标题为"三级球差和波动光学的最佳象面——摘自中国光学学会理事长王大珩先生青年时代的论文"，对王大珩在英国期间的学术成果做了详细的引用和论述。

身在异国他乡，但王大珩心中眷念的永远是祖国的前途。1940年，王大珩获得伦敦大学理学硕士学位。随后，他前往谢菲尔德大学，跟随著名的玻璃学家特纳教授攻读博士学位。这期间，因为战争对光学玻璃需求量的骤增，王大珩看到了这门制造技术将会是一项国际前沿技术，更意识到这门技术未来将是我们国家所需要的，因此他选择了以玻璃光学性质研究作为博士论文的方向。然而，在博士论文即将完成并将参加答辩之际，他听自己的英国同学汉德说，伯明翰昌司玻璃公司实验部急需一位实验物理师，专职从事新型光学玻璃的开发研究。汉德是昌司玻璃公司委派到帝国理工学院进修的学生，他了解公司的招聘规则，也知道王大珩想从事光学玻璃制造工作，且他认为王大珩符合公司招聘要求——懂得应用光学专业的应聘条件，便特意前来问他愿不愿意去伯明翰就任。

王大珩回忆，自己步入光学玻璃行业的历程是这样的："在英国留学期间，我了解到光学技术在国防事业中具有重要的地位。早在第一次世界大战期间，光学仪器就已应用到战术观测上，交战双方在光学技术上进行了激烈的角逐。当时德国的光学技术最先进，蔡司光学仪器厂蜚声世界。英国为了制造先进的光学仪器，专门从瑞典请来光学技术专家。第二次世界大战前，希特勒上台，梦想称霸世界，其战略部署之一就是大力发展光学工业，占领世界市场。第二次世界大战爆发后，战争的需要迫使盟国大力发展光学工业。英国把光学工业列为战略工业，制造光学玻璃的原材料——含铁量低的石英矿成了战略物资。光学玻璃制造技术很保密，因战争之机我得以进入英国昌司公司，参加有关的科研工作。"

王大珩关心世界局势和祖国的未来。第二次世界大战爆发后，由于先进技术被应用于制造武器的警示，在欧洲，一些主要国家很快把光学玻璃研制技术提到"军事要害技术"的高度，并加以强化研究和发展。王大珩虽然把精力集中在学习上，但在紧张的科研工作之余，他心中惦念着的是国内的抗战形势。他常常翻阅中文报纸，每当看到我军失利的消息，心中就有说不出的痛，每每唱起那首《松花江上》，他心中就充满对日寇的愤懑，他多么想念祖国和亲人，多么希望国家快些强大起来，早日赶走侵略者啊！

所以一听到汉德带来的消息，王大珩便拿定

了主意：放弃即将到手的博士学位，前去昌司玻璃公司担任一名玻璃实验师，学习光学玻璃制造这门关键技术，将来为祖国建设服务！

实际上，拿不到博士学位对王大珩未来的事业前途将会有很大的负面影响，因为当时有许多在国外留学没有拿到博士学位的人，回国后只能当副教授，许多人都实际遭遇过事业上的挫折。这样的例子就有著名的文学家刘半农，胡适经常流露出瞧不起"土包子"刘半农的模样，因为他没有博士学位。直到后来刘半农在法国获得了文学博士学位，大家才对他刮目相看。王大珩不是没有想过这个问题，他回国后也遇到过求职不顺利的情况。但在听到汉德带来的消息后，填满他心中的是，我的祖国多么需要这种技术啊！在国家所需面前，他把个人的前途置之度外了。钱三强后来回忆起这件事，对王大珩满是赞叹："大珩不是不知道没有博士学位对个人的不利影响，但他为了国家将来需要，做了与众不同的选择，在那个时候真是难得。"

时间不等人，在婉拒了导师特纳教授的挽留

后，王大珩辞别校园，来到了昌司玻璃公司。他在昌司玻璃公司实验部连续工作了五年。这五年也是王大珩度过的很艰难的一段时光，作为一个外国人，又是黄皮肤、黑头发的中国人，他在英国是备受歧视的。他遭到的白眼、异样的目光、质疑的神情，比过去的几年更多。这期间，王大珩尝遍了职场的酸、甜、苦、辣，他咬牙忍住了。令他高兴的是，他终有收获，因为他掌握了制造光学玻璃的真实本领！

王大珩在昌司玻璃公司虽然是一名玻璃实验师，但是，他不被允许进入生产车间，因为这是昌司玻璃公司核心、保密的技术，与国防军事力量息息相关。当时整个英国玻璃工业界步步设防，各个研究机构之间基本没有合作，不同玻璃制造业者的配方都是严格保密的，不同研究机构里的研究人员在制造光学玻璃时，其配方和成分一般都是通过经验获得。

王大珩初到岗时，只能做一些边缘的工作，接触不到生产技术的具体过程。但他也有自己的办法，那便是通过勤实验、多操作，来获得经验。

王大珩每日一大早便到岗，一直工作到晚上八点才回到租住的蜗居里休息。他每日的工作内容是做重复实验，主要是将成品玻璃粉碎，用研钵研磨均匀后回炉重新熔炼，观察并分析玻璃的材料配比，再不断更换材料配比，从而观察成品的情况，通过多次试验从而得到可测色散的玻璃。他统计过自己在昌司玻璃公司工作的几年中，约进行了 300 埚玻璃熔炼实验。通过反复摸索，王大珩对不同配比材料所熔炼出来的玻璃性质进行反复检测，并进一步研究玻璃配方和退火工艺。在这个过程中，他全面掌握了光学玻璃的光学、光谱性能，并研究制得了更加优化的光学玻璃。

在这项工作取得成果以后，王大珩还开展了稀土光学玻璃的研究工作。这是英国，也是当时世界上较前沿的研究课题之一。王大珩是英国最早研究光学玻璃的学者之一。他通过研究，在英国的权威学术期刊上发表了多篇成果，还获得了两项光学玻璃新配方的发明专利。不仅如此，1945年王大珩发明制作的V-棱镜折射率测量装置，性能优于当时在光学工业界通用的"普氏（Pulfrich）"折射仪。用这一装置制成的商品仪器，在英国物理学会展览会上展出，获得了英国科学仪器学会"第一届青年科学仪器发明奖"（即"包温氏奖"）。

王大珩在英国期间，可谓收获满满。他通过努力，在工作和研究上取得了可引以为豪的成果，他以优异的创造力和研究能力令昌司玻璃公司重新重视起这位年轻的华人工程师。

王大珩在紧张的科研工作之余，心里惦念的是祖国的亲人和国家的抗战形势。每当从中文报纸上看到我军失利的消息，他的心中就有说不出的痛楚。

但王大珩也有感觉慰藉的方面：他刚到伦敦不久（1939年1月14日），伦敦各种报纸就报道了英国和法国、美国的联合声明，共同反对日本所谓的"大东亚新秩序"；再就是，他的英国同学、同事和老师，都认识到日本帝国主义就是法西斯，对来自受日本侵略的中国的学生，都抱以同情和亲近，使得去国离家的王大珩减轻了精神上的孤独感。

1945年第二次世界大战结束，王大珩听到了中国抗日战争胜利的消息，心中万分高兴。这一年，令他高兴的一件事是，他与前来英国开会的好友钱三强在伯明翰重逢了。

钱三强在法国留学多年。1939年，他刚到巴黎不久，经过王大珩介绍，开始订阅英国"左翼书籍俱乐部"的进步书籍，其中就有斯诺的著作《红星照耀中国》(即汉译《西行漫记》)。据钱三强回忆：这些书令自己"第一次看到关于红区、毛主席及游击战争的记载，使我眼界一点点地展开了"。后来因为战争，欧洲各国线路不通，王大珩与钱三强除了1939年夏天在法国见过，再没有通信联系。第二次世界大战一结束，英国和法国首先恢复学术交流，时任法国科研中心研究员的钱三强1945年秋受约里奥-居里夫妇委派，到英国布里斯托尔大学鲍威尔教授处学习核乳胶技术，同时出席英法宇宙线会议。

钱三强离开巴黎时，中共旅法支部告诉他，

要他到伦敦后去海员工会见延安来的邓发。邓发时任中共中央职工委员会书记，他向钱三强介绍了延安和全国的革命形势，还送给钱三强一份《解放日报》的剪报，报纸上刊载的是毛泽东的新作《论联合政府》全文。钱三强读后，被其中的文字所吸引，感到文章的科学性很强，非常有气魄和远见，他形容那时候自己的感受是，获得了一个新的发现，直呼"孙中山第二"。钱三强一到伯明翰，就迫不及待地要把他的真实感受告诉挚友王大珩。

王大珩与钱三强再次见面是在 1946 年夏，他和新婚的钱三强、何泽慧夫妇，还有老同学彭桓武在英国剑桥出席牛顿诞辰 300 周年纪念大会（因战争延期），几位好友在英国相聚，心中格外高兴。王大珩把新婚的钱何夫妇接到自己的寓所，他们无所不谈，当他们说起斯诺的著作《红星照耀中国》，谈到陕北革命根据地时，钱三强告诉王大珩，陕北革命根据地现在有肉吃了，这话令王大珩感到兴奋。这段回忆如下：

王大珩 赤子丹心 光耀中华

这次会面，特别有意义，三强向我介绍了陕北革命根据地（钱从中共旅法组织处知道的——注）的一些情况，说到那里现在有肉吃了，特别感到兴奋。对比重庆政府的腐败无能，使我在政治概念上受到很大启发。

几位好友在英国分别时，做了一个共同的约定：随时做好回国准备，待到形势明朗后就回

王大珩（右一）与钱三强、何泽慧于1946年在剑桥

去，为将来建设一个强盛的中国效力。

抗日战争胜利后不久，国内的大学和科学机构都已纷纷复员，为发展计，广邀海外学子回国教学和做研究。与此同时，国内战争的形势也渐渐明朗起来，依据钱三强从中共旅法支部得到的说法——"三年左右发生大的变化是可能的"，他很快就把这件事告诉了王大珩和彭桓武，1947年开始，这几位好友决定将约定的计划付诸行动。

1947年年初，王大珩开始准备回国，他通过好友柯俊，与国内经济部联系，多方通信，了解到国内玻璃工业的情况，为回国后的职业规划做了准备。紧接着，他购买了1948年回国的船票，预备辞去昌司玻璃公司的工作。在一切准备工作做好后，1948年春，王大珩踏上了从伦敦开往香港的客轮，踏上了回国的旅途。

三位好友都履行了回国约定：先是在1948年2月，彭桓武回到了祖国，接着是5月，王大珩也回来了，钱三强和何泽慧是在6月归来的。在解释为何是在1948年回国时，王大珩回忆道：

"国内解放已成定局,感到新中国已经有望,回国后要为新中国而工作。我和钱三强约好1948年回国,当时有一种想法,就是要看看蒋介石国民党(政府)的腐臭情况。因为再晚回国,全国解放了,那种国民党鱼肉人民的情景就领会不到了。这是对我毕生有益的一次反面教育。"

在回国后的半个多世纪里,王大珩和钱三强、彭桓武,用自己所学,兢兢业业为祖国的国防科技事业无私奉献,用实际行动兑现了当年共同的约定。1999年,他们三位老朋友一起被国家授予"两弹一星"功勋奖章,他们是中华人民共和国的强国功臣!

第四章
大连大学，创办应用物理系

1948年，王大珩回国之初，因为没有博士学位，求职受到挫折。又因为国民政府的腐朽和社会上的动荡，在回国之初的短短三个月内，他辗转于北平、秦皇岛、上海等地，先后在北平研究院物理研究所、秦皇岛耀华玻璃厂工作过。

这段时间，王大珩并没有得到好的工作和生活环境，更因为国民党发行法币，国内物价不断上涨，他也没有得到过什么优厚的报酬，没享受过优渥的生活。这期间，英国昌司玻璃公司给他拍来了一封电报，邀请他再度返回英国任职，并承诺给予他丰厚的薪酬。英国生活条件好，报酬高，王大珩如果回英国，将会有很舒适的环境，也可以继续做科研。尽管王大珩对国内的现状失望，但他并没有动摇要留在祖国的决心——他本来就是要回来用所学报国的，他要寻求一条全新的报国之路，并且已经有了新的想法。在吴有训老师的介绍下，他要去东北解放区看一看，到新成立的大连大学去任教。这所学校就是如今著名的大连理工大学前身，初建校时为大连大学工学院，1950年7月独立为大连工学院，1988年3月，更名为大连理工大学。

王大珩前往东北是在1949年3月10日。那天夜里，在夜幕掩映之下，他乘坐"AZOV"号货轮，从香港维多利亚港"非法"出境。这艘货轮，以"运货"的形式掩护"运人"的实际目的。这是中国共产党的一条秘密航线，从1948年下半年到1949年，在党组织的部署下，通过香港—大连或香港—天津的海上运输线，运送了许多科学技术专家、民主人士、文化界人士到解放区，王大珩就是其中的一员。一路上，他受到来自东北人民政府同志们的热情欢迎和接待，作为科学家的他被奉为上宾，沿路参观了解放区的新学校、新单位。解放区一派蓬勃的新气象，这和在国民党统治下是完全不同的。王大珩看到了人民的新生活，感受到了中国共产党对科学家发自内心的尊重，也亲眼看到了解放区大力倡导发展科学、教育，未来建设工业强国的新气象。

最令王大珩激动的是，新成立的大连大学，是一所和过去的大学不一样的、具有崭新风格的大学。这所学校奉行的是在民主集中制基础上的"大家办学"方针，校方采取民主办学的方式，师生间完全没有隔阂，人人都可以为学校提建议，大家共商办学大计，学校里一派浓郁的主人翁气氛。全校上下一心一意，只为建设出一所欣欣向荣的好学校。

王大珩到校后，在授课之余兼任了大连大学校务委员会委员。教学之外，他为学校建设与发展提了许多建议。其中有一条建议是，要把大连大学工学院办出美国麻省理工学院的特色，这得到了校领导的重视和肯定。王大珩感动于学校对教师的尊重，他感慨地说："那是中国知识分子十分舒心、精神振奋的一段美好日子。"

大连大学是一所以理工专业为主的学校，王大珩任教期间，所做的最重要、影响最深远的一项工作就是创办了应用物理系，并担任了首届系主任。提起创系的初衷，王大珩对工学院屈伯川院长提出："物理是一切工业技术发展的基石，冠以'应用'二字，对新中国的工业建设更有现实意义。"他又说："'物理人'比单纯学工科的考虑问题更深入些，虽不能解决所有问题，但知道该去找什么人。"王大珩的学术思路是"应用"，他始终强调理论要联系实际，学生学习的知识要能够解决实际问题。他希望应用物理系的学生应具备较好的理科基础，希望从有志于这个专业的一年级学生中选拔人才。屈伯川院长同意并支持王大珩的意见。

应用物理系建系时，学生已经入学，王大

珩动员学校一年级的学生报考应用物理系。他在动员大会上做过一场精彩的报告，对学生们讲述了物理对认识世界、改造世界的影响，引发了许多学生对物理学习的兴趣，转系报考的学生很多。应用物理系于1949年年底招收了首批学生，通过严格的考试选拔，学校先从1949年入学的学生中抽调了22人转到应用物理系作为第一届学生。

王大珩为了应用物理系的发展，为了培养学生成才费尽了心血。尽管师生办学热情很高，但在当时的情况下，学校办学条件实在有限，尤其是学校实验室简陋，没有几件像样的实验仪器，更谈不上有好的实验条件。但王大珩想到的是，应用物理系办学要以"应用"为主，不仅要教授学生基本的物理学知识，还要提高学生的实际操作能力，理论联系实际，这有利于让他们在学业结束后尽快走上合适的工作岗位。

王大珩想尽一切办法改善实验室条件，包括亲自动手建设实验室。一到休息的时候，他就去市场上四处寻找合用的仪器。他经常去的有大连

"西岗破烂市场"，在逛遍仪器商店没有寻到性价比合适的器材后，他就去旧货摊上淘淘捡捡，想找一些合用的"宝贝"回来，哪怕是找到一些合用的零件，王大珩也欣喜至极。功夫不负有心人，有一次他发现了一个做物理实验用的旧秒表，又有一次他买得一台高级电位差器，还有一次他居然找到了一台旧天平……

应用物理系的师生们记得，王大珩从土木系的杂物间和旧货摊上找到两个破水平仪上的刻度盘和轴承，这两件东西都是废弃的物品，单个看来并没有什么用。但王大珩如获至宝，他已经能想象到经过废旧利用后，这两个物品的新模样了。他在机械工厂工人师傅的帮助下，变废为宝，居然制作出两台精度很高的分光仪，令废品焕发出新生；他还在旧货摊上找到一块无人问津的玻璃，回来后花费了好几天，用这块玻璃磨出了好几片光学镜片，供学生们观察使用；他还用旧零件制作出了电阻箱、冲击检流计及黏滞系数测定仪等多种仪器，表现出高超的动手能力。王大珩和师生们说过一个观点，那就是在条件不具备的情况下，要培养的正是"用低级的仪器也能得出好的实验结果"的能力。在王大珩的努力下，应用物理系在很短的时间内快速建成了两个能同时容纳130人的普通物理实验室，装配了一个能容纳150多人的物理示教用的阶梯教室，从而保证了全校580多名学生每周都能参加实验操作课的条件。应用物理系的实验室规模和设备在当时全国大学来说，也是相当领先的。

在课程设置上，王大珩不仅重视基础理论课教学，也很重视开拓学生的思维，他提了很多建议，还经常旁听教师授课，给老师们提建议。他在课堂上，总是不局限于教材内容，还想方设法给学生提问题、出考题，让他们展开思考。他提出的问题包括"马向前拉车，车向后拉马，车为什么能向前走""设计一种方法，在一楼和二楼都能任意开关楼梯中间的一盏电灯"，等等，这些问题令学生们很感兴趣，锻炼了学生们思考问题的能力。每次做光学实验时，他总是守在实验室的大门口，学生要进去，就要先回答他的问题，比如，今天要做的实验要解决什么问题，要观察哪些物理现象，要采集哪些数据，等等；对学生的回答满意了，王大珩才放他们进去，回答得不好，王大珩就旁敲侧击，启发他们思考。学生实验做完了，王大珩还要他们独立写出实验报告——看到了哪些现象，说明了哪些原理，解决了哪些问题。每一份报告，他都要亲自审阅。

在王大珩的精心培养下，应用物理系的学生都能够独立思考，并且培养出较强的实际工作能力。1952年9月，因为国家建设的需要，第一届应用物理系20名毕业生提前毕业并走上了工作岗位，其中有5名学生前往王大珩创办的中国科学院仪器馆就业，后来成长为杰出科学家，其中王之江、姚骏恩等，当选为中国科学院、中国工程院院士。

在大连大学期间，王大珩遇到了人生的好伴侣。1950年10月8日，他与大连大学医学院小儿科主任医生顾又芬喜结连理。王大珩与顾又芬一起生活了一甲子岁月，孕育了3个子女，且个个成才。顾又芬支持王大珩的工作，后来他们一起去了长春，顾又芬还充当了长春光机所家属院里孩子们的"专职医生",谁家的孩子病了,都抱来找顾大夫看病。无论是上班前、下班后,还是节假日,顾又芬从不推辞。时至今日,许多当时找顾又芬看过病的人还很怀念她的温柔、尽责。

1950年10月与顾又芬结婚时合影

王大珩常常夸顾又芬是自己的好伴侣。1995年,王大珩获得了首届"何梁何利基金科学与技术成就奖",在颁奖大会上,他想起了妻子对家庭的关爱,对自己处处体贴:"我要感谢我的夫人顾又芬教授,感谢她在生活与健康上对我几十年来的照顾,以及在子女教育上所承担的责任,从而使我得以全心致力于工作。在这光荣的时刻,她完全应该分享我的荣誉!"在顾又芬80岁寿辰之际,王大珩亲手为妻子写下了爱的诗篇:

王大珩 赤子丹心 光耀中华

嗯

真行

有此人

儿科医生

原来在长春

现在调来北京

年龄虽迈有精神

就任儿童发展中心

为了儿孙们健康长成

出差调研开会忙个不停

认真负责不辞辛劳好作风

她就是我的好爱人叫顾又芬

祝你健康长寿作诗宝塔十三层

（甲申年冬日　王大珩）

王大珩在大连大学工学院连续工作了一年多，这期间，他的工作为学校应用物理系未来发展打下了良好的基础。在建设大连大学工学院的物理实验室时，他对中国仪器事业的现状就有了很深刻的体验和感触，他憧憬着在未来的某一天，中国能生产出足够的、质量优良的、可供科学家实验和工业部门应用的各种类型的精密仪器。在这里，他心中的愿望是，把在英国学到的研制光学玻璃的技术全部运用于自己国家的玻璃工业中。

第五章

倾尽心血，打造光学基地

1949年中华人民共和国成立之初，国家"一穷二白"，我国科学仪器制造的底子十分薄弱。全国的科学仪器制造工厂只有寥寥20余家，且规模不大，能力不强，全国专门从事光学事业的研究人员也不过几十人。当时的中国，没有能力制造大型的光学仪器，更不能制造出显微镜、照相机这些精密设备，大量的国民经济各行各业需要的仪器设备，都依赖进口，这对我国的长远发展是十分不利的。

第五章 倾尽心血，打造光学基地

王大珩对中国光学仪器发展的现状很清楚，也很痛心。从应用物理到光学仪器制造，王大珩心中有一个宏大的愿望，他希望祖国有一天不但能制造出光学玻璃来，还能自己打造出精密的大型科学仪器，我国的仪器制造不再依赖国外进口，中国人自己也能掌握最先进的光学仪器制造知识和技术。

作为中国科学发展的火车头，中国科学院成立后，在全面着手发展科学技术的同时，也打算成立专门仪器制造机构，发展我国的精密仪器制造事业。王大珩是从1950年开始参与中国科学院的工作，他做的第一件事，是调研我国仪器制造业发展的现状。

1950年6月，王大珩先是受聘为中国科学院的学科专门委员。在全国范围内选聘有特殊贡献的科学家担任专门委员，这是中国科学院成立之初的一项英明举措，目的在于请专门委员按照学科性质分若干专业组讨论各专业的有关事项。王大珩从800余名被推荐者中脱颖而出，成为181名专门委员之一。作为专门委员，王大珩参与的工作主要包括：研讨中国科学院各研究部门的工作计划、执行情况与工作报告；负责高级研究人员、技术人员的聘任和升级；负责与院外的合作；负责对院外各种学术研究的补助；负责科学发现、技术发明和著作的审核；负责国际学术合作等。中国科学院建院初期，在机构调整和设置等重大问题的决策上都听取了专门委员的意见。

王大珩参与了对全国光学仪器制造业的摸底工作，他与物理学家、应用物理组专门委员钱临照一起到抗战时期由国民党政府建立的、全国独一无二的光学工厂——昆明光学工厂去了解情况。在德国专攻应用光学的著名光学专家龚祖同先生曾担任过该厂的总工程师，这个光学工厂的水平在国内来说是相当高的。在1949年以前，该厂曾以制造过6倍双眼望远镜、80厘米测距仪、简单的各式迫击炮瞄准镜以及行军指南针等光学仪器而闻名全国。

王大珩与钱临照在工厂里考察了8天，他们详细参观了厂里的生产车间，与厂方代表进行了大量的座谈，询问清楚厂里的研制和生产情况。考察结束后，王大珩给相关部门提交了一份翔实的考察报告，报告中提道：这个厂的技术水平相当高，可与当时欧洲一般光学工厂相比。王大珩和钱临照建议把这个厂继续留作军用，作为发展军用光学技术的基地。他们的这一建议无疑是十分有效的，我国军用光学技术骨干，大都直接或间接源于这个厂。他们还提出了要在中国建立专业的光学仪器厂，发展

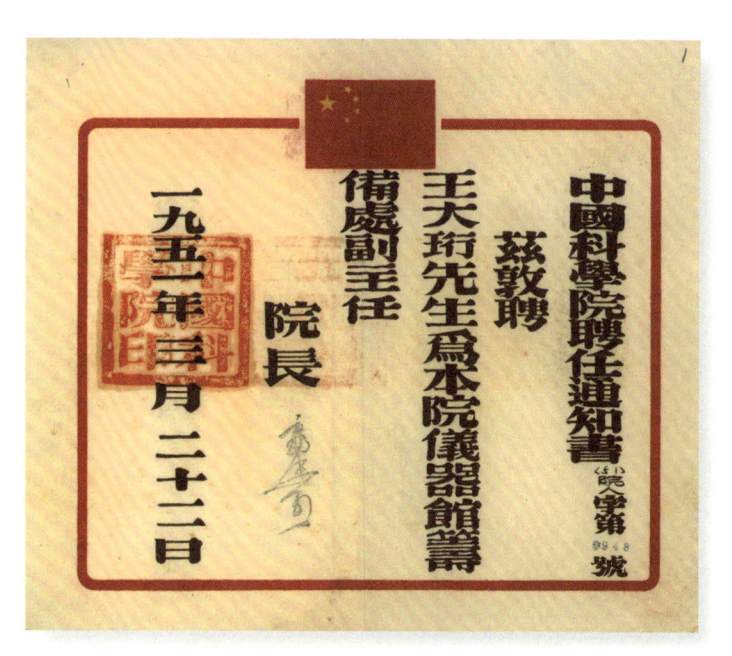

1951年，王大珩被聘为中国科学院仪器馆筹备处副主任的聘书

第五章 倾尽心血，打造光学基地

光学玻璃，培养相关人才的建议。这份报告得到了有关部门的高度重视。

王大珩认为，中国人必须有自己的光学机构。他在英国昌司玻璃公司工作的时候就听说过，在第一次世界大战期间，俄国曾派人到昌司玻璃公司学习光学玻璃的制造技术，被英国人百般糊弄、嘲笑。后来，列宁领导的苏维埃政权在科技上的第一个新措施，就是成立了国家光学研究所，并一直由军事部门管辖。苏联的光学玻璃，是靠这个研究所的科技人员独立自主地研究发展起来的。

1950年，政务院①决定在中国科学院设立仪器馆，以期能够制造与文化建设、经济建设及科学研究工作相配合的精密科学仪器，促进国内科学仪器制造事业的发展。在仪器馆筹备和主持的人选上，担任中国科学院副院长的吴有训和时任计划局副局长、负责中国科学院建院期间研究机构设置和人员配备的钱三强都想到了王大珩。

---

① 政务院，全称为"中央人民政府政务院"，是1949—1954年中华人民共和国国家政务的最高执行机关，是中央人民政府的一个机构。

第五章 倾尽心血，打造光学基地

他们认为王大珩在英国学有所成，且多年来从事相关行业工作，专业基础扎实，业务能力强，可以很好地完成这项任务。1951年1月24日，中国科学院仪器馆筹备处正式成立，由物理学家、时任中华全国科学技术普及协会副主席的丁西林任主任，王大珩正式调来中国科学院，担任副主任并主持日常工作。王大珩是仪器馆筹建工作的实际负责人，能参与到筹建仪器制造部门的工作中来，他有远大的蓝图要描绘在祖国的大地上，心中既觉得欣喜，又感到肩上的担子沉甸甸的。

中国科学院原本打算把仪器馆设立在北京，因为北京是全国经济、文化、教育的中心，南来北往的交通很便利。1951年5月17日，王大珩和钱三强一起，亲往北京西郊去看地，现场勘测择定清华园公路以南、车站以西约40亩地，作为仪器馆未来的建设基地。但考虑到仪器馆建设是一项巨大的工程，在寸土寸金的北京，要勘出一大块地来，既要在这里建设生产车间，还要建设研究部门和宿舍、办公用房，没有任何基础，一切从零开始，建设起来难度很大，耗资甚多。最终，经过多方考察，多方考虑，中国科学院决定将仪器馆建在长春。

长春是东北地区的一座大城市，在日伪时期已经有了较好的工业基础，但是因为战乱，城市受到极大的破坏。但房屋基础设施和人员尚在，可作为东北地区发展工业力量的基础。那时候，东北地区在大陆科学院的基础上已经建立了东北科学研究所，正在多方面开展研究，并在关内招聘了一些科研人员，正准备大干一番。武衡是东北科学研究所所长。据王大珩回忆，有一次碰到武衡，武衡对他说："我刚接收东北的工业研究机构，已经招聘了好几位搞仪器的专家，欢迎你也到这里来。"东北人民政府和中国科学院都有意将仪器馆设立在长春，王大珩因此多次前往长春考察选址。

王大珩下了火车，第一眼看到的，就是那座矗立在断壁残垣上的日伪时代遗留下来的大烟囱。王大珩心里激动起来：这完全可以用来建设未来仪器馆熔炼光学玻璃所需的大炉子！除此之外，烟囱周边还有一大片废弃建筑物，可以在这个基础上省工省料地修建玻璃熔炼车间，还能围绕这块地修建仪器馆的厂房、办公楼宇。王大珩情不自禁地开始描绘起仪器馆未来的模样。尽管长春天气寒冷，生活条件比较艰苦，但王大珩已有想法，他认为这里的气候不炎热、不潮湿，适合仪器生产，又有四通八达的铁路交通可以运输。他心里对长春已经十分满意，脑海里已经浮现出一幅仪器馆蓬勃发展的美好的远景图。

1952年年初，中国科学院决定由东北科学研究所和仪器馆筹备处联合在长春筹建仪器馆，地址定于长春市铁北天光路日伪时期的采矿株式会社旧址。在王大珩的带领下，仪器馆筹备处人员很快就打包好物品，向长春搬迁，从此在这里安下了家。王大珩和仪器馆初期人员一起，一砖一瓦开始建设仪器馆，他们亲手修建出办公楼宇、实验室等基础设施，并着手组建学术机构，并一点一滴根据生产和研制的需要添置设备、图书、材料。当时，建设和生产、科研是同时开展的。仪器馆人员，既是研究、工作人员，也是基础建设者。

回忆起仪器馆初期的建设，那真是太艰难了！仪器馆选址虽然有大量房屋残垣，但总的来说这片地方还是废墟，里面布满了战争时候遗留下来的弹片和弹坑，要建设就要先把弹片清理干净。但是路面完全是没有铺装的泥巴地，长春的夏天是雨季，几乎每天都要下一场大雨，道路泥泞不堪，人穿着胶鞋踩进去，顿时就陷进泥里了，要费很大劲儿才能拔出脚来，实在是举步维艰。而且，附近的山上还有小股土匪出没，人们需要时时警备。

创业初期的条件是十分简陋、艰苦的。那时候，王大珩的妻子还在大连，正在办理调动手续，无法前来照顾他。他是自己一个人，背着简单的行囊先来到长春。王大珩作为仪器馆的领导，从不给自己什么特权。他住在单身宿舍里，房间里放着一张铁床、一把小凳子、一个小桌子。他白天忙着协调仪器馆内的各项工作，晚上就去办公室看书，直到深夜才回到屋里休息。他吃饭也是和青年人一起，在旧厂房改造成的食堂

第五章 倾尽心血，打造光学基地

里用餐。饭食是东北特有的高粱米，再配一个白菜粉丝猪肉汤，十分简单。但王大珩非常高兴，吃饭时、工作间歇休息时，他经常和青年人交谈，询问他们的兴趣爱好，考虑把他们安置在什么部门、做什么专业工作。

王大珩克服了重重困难，一心一意要把仪器馆建设成为东方的蔡司工厂，从而解决我国仪器制造业的困难。好在仪器馆上下一心，所有人的干劲都很足。在一段时间的集中建设下，很快仪器馆就小有规模了，不仅有了一片像样的房屋基础设施，还建设了相关的职能部门、研究机构。1952 年，仪器馆组建了光学物理、机械、光学玻璃 3 个实验室，拥有了十多位研究人员，还建设了上海和长春的实验工厂，可以说是具备了一定的科研和生产设施。从这时候起，仪器馆开始试制一些小型的仪器设备，比如沼气检测仪、水平磁力秤、高倍显微镜、双目立体显微镜、读数游动显微镜、包括 150 毫米天文望远镜在内的一系列镜头，等等，解决了不少科研单位的急需，也为仪器馆积累了一定的名气。当时，金属学、材料学专家师昌绪在金属研究所做金属蠕变实验的时候缺一个长焦镜头，但那时这样的设备在国内根本就买不到，师昌绪一筹莫展。所长李薰是王大珩留英时的好友，最了解王大珩的能力，他便指点师昌绪去找王大珩解决问题，他说仪器馆肯定能研制这样的镜头。师昌绪找到王大珩，试探着问仪器馆能不能解决他的问题，王大珩二话不说，拍着胸脯便应承下来，还把此事当作馆里的重点项目来抓，没过多久，师昌绪就拿到自己所需要的长焦镜头了。

仪器馆在早期的建设中已经打下了初步的基础，有了一定的名声，但早期仪器馆富有开创性的成就，是于1953年熔炼出了中国第一炉光学玻璃，奠定了仪器馆未来从事大型光学精密仪器制造的坚实基础。

光学玻璃是一切光学仪器生产的基础。关于光学玻璃在国防科技中的重要性，王大珩列举了一系列例子，他说："在第一次世界大战期间，美国也因不能自己制造光学玻璃（而）受到制约，于是，毅然决定自己开拓研究，并写出了世界上第一本光学玻璃制造专著，在一定程度上公开了制造光学玻璃的秘密，并有所创新。第二次世界大战期间，作为一项战略部署，德国想利用光学技术的优势，大力发展光学工业，占领世界市场，使敌对国家的光学工业得不到发展。第二次世界大战之前，德国以制造光学仪器出名，德国的照相机充斥世界市场，正是这个战略谋划在起作用。诚然，像英国那样，要维持光学工业是很困难的。（20 世纪）30 年代经济萧条时期，英国年生产光学玻璃最低时才 32 吨，而一旦战争爆发，需要量骤增至千吨以上。光学工业若没有战略储备，得不到国家的扶持，就难以生存。我在英国昌司公司任职期间，有关光学玻璃的研究开发经费，均得到政府的补助。光学玻璃是关键材料，光学工业被列为英国的战略工业。"

鉴于光学玻璃的重要性，各个国家都把这项技术列为战略部署。但在中华人民共和国成立之前，中国并没有生产光学玻璃的条件，也没有能力生产出光学玻璃来，仪器制造所需的光学玻璃都依靠进口。中国的光学家，毕生的夙愿就是能自己制造出光学玻璃来。仪器馆作为中国科学院内仪器制造的专门机构，一开始就把光学玻璃熔炼作为最重要的工作来抓。王大珩把这个任务交给了光学玻璃实验室，他和光学玻璃实验室主任、一级研究员龚祖同对这项工作万分重视。

王大珩在英国做了5年的光学玻璃实验师，本就对光学玻璃的性质和配方有很多研究心得，他毫无保留地把自己在英国时期的笔记、资料都拿了出来，把自己的经验告诉了研究人员，供他们参考、研究，并利用他在英国开发精密测量光学玻璃折射率的V-棱镜折光仪的心得，自行设计了一些简易仪器。龚祖同有留德经历，又曾在昆明光学工厂和秦皇岛耀华玻璃厂工作过，学术水平很高，为发展中国光学事业做了不少实际工作，且对光学玻璃的性质很熟悉，他最大的愿望是做出光学玻璃。王大珩与龚祖同有共同的志愿，在仪器馆设施条件具备以后，他们很快部署了研究队伍，着手于光学玻璃的研制和生产。为了熔炼成功这埚光学玻璃，仪器馆可以说是倾全馆之力，派出了多达100人的队伍，组成了化学组、原料和配料组、坩埚组、熔制组、检验组和行政组，每个组都派专人负责工作协调、组织，还请来了曾在全国其他玻璃工厂工作过的老技工，借用他们的经验，令他们参与到光学玻璃的试制工作当中。

在硬件设施上，经过王大珩与龚祖同的商议和筹划，仪器馆先是以铁北的大烟囱为基础，修建了烧制玻璃所需的炉窑，又建造了一个配套的煤气厂，从而搭建起光学玻璃的熔制车间。在龚祖同的帮助下，研究人员设计出一套专门应用于光学玻璃后处理的全套设备。此外，光学玻璃熔炼炉使用的材料是特殊的，仪器馆初建于东北时，因对当地的玻璃工业状况不了解，又无法去国外购买熔炼光学玻璃的炉料，仪器馆决定就地取材，特意派出一支队伍，在长春附近寻找到了合用的国产材料，从而解决了前期的一系列问题。

光学玻璃的熔炼是一套工序复杂的过程，解决了炉料问题，还要解决熔炼所需的容器问题。熔炼所需的坩埚是特制的，要能够承受高温和高压——既要保证容器在高温烧制之下不开裂，又要能承受玻璃液的压力而不倾塌，同时，还要保证它能耐玻璃液的侵蚀、腐蚀而不污染玻璃液。这就要对制造坩埚的材料精挑细选，还要精确地控制炉温。研究人员经过反复推敲，又经过多次试验失败——好几次坩埚在烤烧过程中开裂，他们只好反复寻找不同的材料，以不同的配比制造坩埚，最终采用一种软硬适中的黏土制成了一口300升的大坩埚。

王大珩回忆那时候的生活——"日夜生活在炉旁"，这真是对实际参加过光学玻璃试制工作的人们的真实写照。在光学玻璃烧制过程中，还要令人对玻璃液进行24小时不间断搅拌，直到玻璃液烧制完成后冷却。玻璃液的烧制时间不是一天两天，有时候一炉光学玻璃熔制成功需要数月。这段时间，玻璃熔炼炉旁边不能离开人，工作人员需要三班倒才能跟上工作的进度。

熔制光学玻璃的条件具备了，在细节上，有很重要的两条，一是光学玻璃的配方；二是退火、测试的关键技术。王大珩在英国昌司玻璃公司工作多年，熟知多种配方光学玻璃的性质，也做过大量的熔炼实验，他便把自己掌握的技术和经验告诉了研究人员，还把自己在英国发表的有关光学玻璃退火、测试技术的论文交给技术人员学习，这些内容无疑对我国熔炼出光学玻璃起到了积极而关键的作用。

王大珩和龚祖同在综合考虑了玻璃的光性、可熔性和抗析晶性等因素后，多次调整了光学玻璃的配方。他们希望冷却后的玻璃保持透明，符合折射率高但色散低的标准。这就需要多方面研究，以期配方材料达到最佳的比例。另外，用什么样的燃料来加热玻璃液？高温熔炼的玻璃液加热到多少度冷却？搅拌的方法是怎样的？这些看起来似乎不那么重要的细节却往往会影响成品玻璃的质量。人们经常看到王大珩和龚祖同在玻璃熔炼炉旁讨论，有时候一边说一边拿起纸和笔便写画了起来，他们忙起来常常顾不上吃饭，也顾不上休息，直到解决了一个又一个难题。

经历过一些挫折后，我国第一炉光学玻璃的熔制终获成功！1953年，光学玻璃熔制车间获得了 300 升 K8 玻璃液，龚祖同激动得不能自已："1953 年的新年真是我的一个欢欣鼓舞的新年。一生的重担从此获得解脱，这是我毕生最幸福的日子。此生此世永志不忘。"1993 年，王大珩重温往事，他抚摸着那时试制出来的一方晶莹剔透、光彩照人的光学玻璃样品，对当年经历的困难别有一番感慨：

> 严格地说，这块光学玻璃出自新中国的第二炉，而不是第一炉。第一炉出来的颜色不太好，虽然原料、配方、工艺等等都没有问题，但可能是搅拌棒受到侵蚀，有少量杂质进入了熔融玻璃，影响了这炉玻璃的透明度。经过改进，第二炉就好了。这块玻璃是当时经过破碎选取、精密退火后磨制的样品。就其光学透明度和均匀性来说，现在仍然是一块优质光学玻璃，确实是具有历史意义和代表性的珍品。

仪器馆成功试制出中国第一炉光学玻璃，从

第五章 倾尽心血，打造光学基地

20世纪80年代，王大珩（右）与龚祖同在一起

此结束了中国没有光学玻璃的历史，为建立中国的光学仪器制造工业奠定了基础。第一炉光学玻璃诞生以后，仪器馆又多次在配方和制作工艺上对光学玻璃的制造进行了改良，并向全国推广了熔炼的方法。

第一炉光学玻璃熔炼成果，是仪器馆建设初期的开创性成就，从此，仪器馆具备了制造精密光学仪器的基础，开始向新一阶段的方向迈进。关于仪器馆研制出光学玻璃的意义，王大珩说："从仪器馆创建之始，我们就和国防军工部门相互合作，一方面提供光学玻璃产品；另一方面培训光学玻璃制造人才，为苏联援建的208厂培养了制造光学玻璃的成套技术骨干。仪器馆在光学工作面向国防方面开了个好头，为以后长春光学精密机械所的工作树立了榜样。"

1957年，在具备了一定的光学精密仪器生产基础和条件后，中国科学院做出了将仪器馆更名为光学精密机械仪器研究所（简称"光机所"）的决定，工作和研究的重点从生产国民经济发展所需仪器，转变为以制造光学精密机械仪器为主，这也是光机所发展方向的一次重大调整。在这之后不久，研究所取得的另一大成就是研制成功8种有代表性的精密仪器，即万能工具显微镜、大型石英光谱仪、电子显微镜、晶体谱仪、高精度经纬仪、高温金相显微镜、多倍投影仪、光电测距仪，与一系列新品种的光学玻璃合起来，被称为"八大件、一个汤"。这是光机所自成立以来，全所上下交口称赞的重要成果，也是长春光机所历史上巨大的辉煌与荣耀！

"八大件"，原本是光机所第二个五年计划攻关研制的项目。在"大跃进"形势下，光机所党委会议决定将此原本要在几年内完成的计划提前完成。尽管王大珩认为，在短短的时间内完成这样的工作是不可能的，但他很快被所里你追我赶、忘我工作的气氛所感染，情不自禁地投入到工作中去。党组织对他这段时间参加工作的鉴定是："一直是夜以继日地紧张工作，想办法克服困难完成任务，在技术革新运动中表现突出，亲临前线指挥。"

为了达到攻关目标，从1958年6月开始，全所科技人员放弃节假日，自觉加班；他们每天工作10小时、12小时甚至更长时间；他们夜以继日地工作。王大珩永远忘不了全所上上下下团结一心的干劲和拼搏精神："当时年轻人干劲非常足……大家真是白天晚上干起来。干到什么程度呢？就是研究一个东西，碰到材料上的问题，碰到技术上的问题，当时就把所有有关的人找来，当时就解决……铺盖卷放在实验室里，你太累了睡觉，有人接着做。原来预备两年的工作，我们半年就做出来了。正是由于'大跃进'，后来光机所搞工作，差不多近10年的工夫，实验室的灯白天晚上通明，人们戏称其为'日不落实验室'。"

王大珩也是不分昼夜地投入到工作中，他总是奋战在第一线，指挥青年科技人员参加工作。例如，在装校光谱仪的时候，听说遇到技术难题无法解决，他就亲自上阵，自己动手，连续加班加点，直到把光谱仪装校完成。

"八大件"中的电子显微镜，主要是由电子光学专家黄兰友负责的。黄兰友记得自己在1958年4月去了光机所，想要取得所长王大珩的支持，以参加制造电子显微镜的工作。但不巧的是，王大珩当时正出差在外，没有见到。但是他一听说黄兰友来了，立刻便与这位年轻人取得了联系，并叫他赶快参加到工作中来。他对黄兰友说："马上回北京去取行李！"黄兰友一下子没有听懂，愣住了，王大珩继而解释说："快回去拿暖和的衣服来，国庆前回不了北京了。工作马上开始，国庆拿出东西来。"黄兰友大吃一惊，说研制这么一个大型仪器要两三年的时间，怎么可能在几个月里做出来呢？王大珩的回答很干脆："要么十一献礼，要么不考虑。"他支持黄

第五章 倾尽心血，打造光学基地

兰友组建了一个实验室，专门开展电子显微镜的研制工作。他还通过当时的中国科学院副院长张劲夫，调来武汉微生物研究所刚进口的一台显微镜，借给研制小组参考，从而支持黄兰友顺利地完成了任务。黄兰友对王大珩的雷厉风行十分佩服，他钦佩王大珩能够把这样一个大所管理得井井有条，为全所上下一心、按时有效完成"八大件"任务而感到由衷地敬佩。

1958年9月6日，《人民日报》发表了题为《高精度经纬仪、多倍投影仪、光速测距仪研究试制成功》的文章，专题、专版报道了光机所取得的瞩目成就："这八大仪器的研究成果，对于我国的技术革命和文化革命具有极重要的作用。……这八大仪器经过鉴定，其质量都已达到或超过国际同类产品的水平。它们的试制成功，表明我国在光学精密机械仪器研究方面已经进入国际先进行列。"

1958年10月5日到11月9日，中国科学院在中关村新建实验大楼举办了"自然科学跃进成果展览会"，展览会展出了3000余件展品，有来自院内外 445 个单位的 38392 名观众参观了展览，光机所研制的"八大件"也在展览会上亮相。10 月 27 日，毛主席在郭沫若、吴有训、张劲夫等中科院领导的陪同下，前来参观，他看到了光机所的参展成果，对它们表示了赞赏。

王大珩领导下的长春光机所，早期取得了"八大件、一个汤"的成功，这些成果，是我国科研人员智慧和汗水的结晶，也是我国自力更生发展科技的成果，为我国的建设事业发挥了巨大作用。在"八大件"以后，长春光机所实现了从研制一般、通用、简易的光学仪器向独立设计、研制高精度光学精密仪器的飞跃，也为研制、开发大型精密国防光学装备奠定了可靠的技术基础。一个全国首屈一指的光学仪器研制基地，逐渐形成了规模。

继"八大件、一个汤"取得的巨大成就之后，王大珩领导下的长春光机所根据国家需要，逐渐从研制民用仪器向国防光学方向转变，开始试制一些与国防相关的重要光学精密仪器，包括大倍率军用观察望远镜、微光夜视仪等，均取得了巨大成功。20世纪60年代初，一项震惊世界的伟大发明便是红宝石激光器。长春光机所这期间也试制成功我国第一台红宝石激光器，这项成果可以说在我国开辟了一个新的科研方向，并直接促进了一个新的研究所——中国科学院上海光学精密机械研究所（以下简称"上海光机所"）的成立。

激光是基于量子物理的一种新型光源，也是现今人类所能获得的最亮的光。世界上最早的红宝石激光器是在1960年5月，由美国物理学家西奥多·梅曼研制出来的。当时长春光机所里像邓锡铭、王之江、王乃弘等青年科研人员已经对激光产生了兴趣，他们在思索激光成为新型武器的可能。在听说梅曼的红宝石激光器问世的消息后，长春光机所的科研人员意识到这将是一个新的方向，他们在没有资料参考的情况下开始着手研发，目标是自行研制出一台激光器。他们利用中国科学院电子学研究所提供的红宝石和仓库里报废的电源器展开了研究。

王大珩回忆年轻人敢想敢干时这样说："我

们有些有利的条件：刚巧有人在研究红宝石晶体生长，加上长春光机所有光学精密加工的条件，而且这些年轻人在光学理论上（领悟得）比较透彻。我们只花了一年多一点的时间就做出自己的激光器，正是因为有这个基础。"

1961年9月，长春光机所的王之江和邓锡铭等人成功研制出我国第一台红宝石激光器，该激光器发出了巨大的激光能量。这只比世界上第一台激光器的出现晚了一年多一点的时间，且由长春光机所研制出的红宝石激光器在结构上和梅曼研制的有很大的不同，他们只用了一支较小的直管氙灯，其尺寸同红宝石棒的大小差不多，用高反射的球形聚光器聚光，所以效率很高。长春光机所研制的这台红宝石激光器只用了很小的能量就可以发出明亮的激光。在红宝石激光器研制取得进展后，长春光机所还部署了"光量子放大及光谱晶体研究室"，专门研究受激光发射及工作物质。

红宝石激光器的研制成功令长春光机所上下大受鼓舞，激光武器的巨大作用也激起了国家有关部门的兴趣。1963年9月16日,王大珩等在中国科学院召开的受激光发射工作会议上,提出了"加强激光研究,建立专门研究机构的若干建议"。1964年5月,上海光机所成立(初成立时为光机所上海分所),王大珩兼任所长,这是世界上第一个专门从事激光研究的研究所。这个研究所自成立以来几经变革,王大珩一直关心着研究所的成长与发展,从研究所的学科评议,到促进发展激光核聚变研究,都有王大珩的参与。

关于激光核聚变研究,当时在国外提出向心聚爆的技术途径后,我国也建立了类似装置,进行了一些初始试验。1974年,王大珩曾率团去美国和加拿大考察,向国外同行介绍我国自行研制的强激光装置已打出了中子,令其对我国刮目相看。加拿大一位著名的激光科学家说:"你们的工作和我们处于同一水平上。"用上海光机所干福熹院士的话来说,"一个大王老,一个小王老",对他们关心最大,帮助很多。"大王老"指的是我国核物理学家王淦昌,"小王老"指的就是王大珩。20世纪70年代末,王大珩和王淦昌联名向聂荣臻副总理提出建立相当规模的激光核聚变装置的建议。1986年，在聂荣臻副总理的支持下，在王大珩、王淦昌和于敏3位中国科学院学部委员的努力下，积极促成了中国科学院与核工业部的联合，跨部门合作，利用已经建成的主要从事激光技术研究的上海光机所，在这里建成了峰值功率超过1012瓦的强脉冲激光试验装置——也就是举世瞩目的"神光"！

可以说，王大珩对上海光机所的学科发展方向有重要的影响。如今该所已经发展成为中国科学院内的一个大型的光学研究所。上海光机所的老职工们对王大珩心存感念："上海光机所的成长与发展同样得到王老的亲切指导与关爱，处处闪耀着王老为我所的激光事业所创造的光辉业绩。"

第六章

"两弹一星"，铸造辉煌

"两弹一星"，指的是核弹、导弹和人造卫星，代表了中华人民共和国成立以来我国国防科技发展取得的最高成就。从1954年地质部的探矿队在广西第一次发现铀矿资源起，我国发展原子能的计划便被提上了议程。1958年，毛泽东主席在中共中央军委扩大会议上谈到了国防问题，提到了要"搞一点原子弹、氢弹、洲际导弹"！

"两弹一星"研发的那段时间，也是中华人

民共和国成立以来，国家遭遇最大困难的日子。在世界"冷战"的背景下，美苏两国对峙，美国对华封锁，并利用已拥有的原子弹核武器威胁中国。与此同时，苏联单方面撕毁协议，从我国撤走专家，导致我国的科技和经济都面临极大的困难和压力。为了不受制于人，国家决定集中力量，自力更生发展国防尖端技术，致力于"两弹一星"的研制。

论起光学与"两弹一星"的关系，那就是绿叶与红花的关系。光学仪器在"两弹一星"研制中起的是"看得到"的作用。用王大珩的话来说，光学是"打边鼓"的。简单地说，光学的主要作用就是研制与"两弹一星"有关的观察、观测的仪器设备，令观测人员通过设备，看到核弹爆炸的情景、导弹发射的踪迹、卫星拍摄的影像。光学看起来像配角，但实际上却是不可替代的。"两弹一星"光学科研大多都有王大珩与长春光机所科研人员参与设计、制造的身影。

王大珩青年时代经历过国家残破、落后的历史，他知道国防科技事业的强大对于一个国家来说有多么重要。光学与国防科技关系密切，王大珩的观点是："民用仪器花钱可以从国外进口，先进的军事装备则是各国的要害技术，花钱也买不到。"从 20 世纪 60 年代开始，他带领长春光机所紧密迎合国家需要，积极转型，发展国防光学，既为研发"两弹一星"提供所需，也为长春光机所的长远发展开辟出一条新路。这期间，长春光机所在夜视器材，远距离侦察技术，光学跟踪、导向技术，轰炸瞄准具，高速摄影技术等方面，取得了重大突破和成就。

先说由长春光机所科研人员参与改装的高速摄影机和光冲量计。这是基于核爆试验观测的需要，由中华人民共和国第二机械工业部（简称"二机部"）向中国科学院新技术局下达的任务，并分配给了长春光机所，让他们在较短的时间内完成。这两件光学仪器，前者是为了测试核爆火球直径与时间的关系，由此推断出原子弹的威力，由王大珩带领王传基、薛鸣球和王金堂等青年科技人员完成；后者是为了测量原子弹爆炸时光辐射的时间空间分布和积分光冲量值，由年轻的科研人员陈星旦全面负责。这两项工作最后都取得了成功，有力地支持了核爆试验。

王大珩要带领科研人员在一年半这样短的时间内研制出高速摄影机，无论从哪个方面来说，在当时都几乎是一项不可能完成的任务。因为一来我国尚未开展这种类型的研究课题，没有相应的研究经验；二来研究人员并没有可靠的参照物，只能依据已有的、推测出的核爆威力的资料，通过反复论证，推断核爆任务所需的高速摄影机的拍摄速度是多少。

长春光机所对这个任务大力支持，经过所党委会商议，考虑怎样才能支持研究小组完成任务。党委会说，你们需要什么材料，只要研究所器材仓库里有的，马上领出去！就这样，研究小组用了一天时间，几个年轻人用一辆手推车，从仓库里拉出来三车设备和材料，仅用了一周的时间，就建立起一个简易的实验室来。

为了缩短研制周期，王大珩对课题组提出了一个方案，那就是不从零做起，而是征调一批国内已有的进口高速摄影机作为主机，在此基础上，根据观测需要进行改装。他说，这样可以节省时间，快速达到预期效果。根据王大珩的提议，课题组请求国防科学技术委员会（以下简称"国防科委"）调来10台进口的每秒3000次的Pentazet-35型高速摄影机，之后，在王大珩的精心指导下，研究人员以原装置为基础，更新了一个中等焦距的镜头，并加了一套光电原点启动系统及1000次／秒的时标打点系统。王大珩提出的这种改装方案使摄影机的视场面积增加了4倍，实现了特定要求的高速摄影方案，从而圆满完成了研制任务。

原子弹研制的这段时期，也正值我国"大跃进"后面临严重经济困难时期。当时粮食不够吃，人们饿着肚子干活，但从没有人叫苦，大家依然干劲十足。长春光机所为了保障国防科研任务的完成，取消了职工的一切文体活动，是怕他们体力消耗过大影响科研工作。长春光机所想尽一切办法为职工改善生活，比如食堂有时候会给职工煮萝卜水喝，避免他们因为饥饿而浮肿；待条件好一点后，又想方设法找路子，为科技人员每月增加一斤粮食、一斤肉、四个鸡蛋，勉强保证了他们的营养，解决了他们的后顾之忧，令他们能专心投入工作。但就是在这样的困难下，王大珩领着不服输的光机人，不断给大家打气，硬是把任务完成了！

1964年1月27—31日，由国防科委组织相关单位，在长春对3000次/秒高速摄影机进行了鉴定。鉴定小组对长春光机所在较短时间内完成了这项任务表示了充分的肯定。鉴定结果表明：由长春光机所负责改装的样机能得到满意的成像质量，已达到既定的技术指标，适合现场使用，建议投入实物加工。不久以后，由青年科技人员陈星旦负责研制的光冲量计也通过了鉴定。由长春光机所负责研制的这两项产品，圆满配合了我国的核爆测试任务。

1964年10月16日，这是一个见证历史的日子，下午3时整，在西北无人区，伴随着测试人员紧张的倒计时"5、4、3、2、1"，一朵巨大的蘑菇云在罗布泊腾空而起——我国第一枚原子弹成功爆炸！布置在现场周围的各类光学仪器，完整地拍摄下了核爆火球在不同时刻的尺寸变化，记录了火球表面的各种光热辐射参数，从而为我国后来进一步改进核弹提供了有力的数据支持。

得知核爆试验取得了成功，王大珩十分高兴，他把王传基、陈星旦、王永义等参加过工作的年轻人都叫到家里聚会。他也不告诉大家到底发生了什么高兴的事，只拿出来一瓶珍藏多年的红葡萄酒，给每人斟满一杯酒，自己率先一饮而尽，以示庆贺。后来，大家从新闻报道中知道了这件事，才明白那天王大珩为什么那样高兴，因为他们知道了这样的消息后，也同样激动得不能自已！回忆起当年的事，担任过长春光机所计划科科长、科技处处长的王永义研究员作词《如梦令》一首，称赞王大珩：

往昔靶场驰骤，曩日小楼红酒。
低问领路人，却道"称心"依旧。
知否？知否？应是强者智叟。

第一次核爆炸试验的成功，使我国拥有了原子弹武器。这是我国发展国防科技获得的巨大成功，由此也粉碎了美国和苏联对我国的核威胁。随即发表的《中华人民共和国政府声明》严正声明："中国在任何时候，任何情况，都不会首先使用核武器！"我国在和平使用原子能方面迈出了跨越式的坚定步伐。

长春光机所参与的第二件与"两弹一星"有关的任务便是圆满完成了与导弹轨迹观测有关的靶场光学测试设备的研制任务，即历时 5 年，研制成功了"150-1"大型光学跟踪电影经纬仪。

"150-1"大型光学跟踪电影经纬仪是对导弹飞行的主动段进行跟踪光学测量的大型精密仪器。

导弹飞行分为主动段和被动段，主动段指的是导弹起飞时由控制系统控制的距离，而被动段指的是控制系统关闭后导弹飞行的距离。当时要求光学观测导弹飞行的主动段距离为 150 千米以上。但我们国家的经纬仪，大多是中小型的，当时我国只有一个可供发射火箭使用的靶场，且只配备了观测极限距离在 100 千米左右的光学电影经纬仪，根本达不到观测需要，也无法观测到这样长距离的导弹飞行轨迹，这就要求研究人员根据需要开展工作，研制出大视场、跟踪距离长的经纬仪。

研制这套大型的光学系统是一项综合性强、难度高的研究任务。放眼世界，当时除美苏外，并没有哪个国家具备这样的研制能力。我国面临技术封锁，无法从国外进口到这样的设备，也不可能找到外援来帮助我们研制这台机器。摆在我们面前的只有一条路：自己研制！这项艰巨的任

王大珩在电影经纬仪前

务由中国科学院负责牵头，并由多个国防科技有关部门协作完成，全国参加研究的人数多达600人。因为长春光机所具备了国内较强的研究队伍和测试技术，具有光、机、电、控的研究基础，因此国防科委副主任钱学森提出由长春光机所主要负责完成工程的核心任务——大型电影经纬仪的研究和制造工作，即"150-1工程"。1960年10月，国防科委把导弹光学外弹道测量系统的试制任务交给中国科学院，随后中国科学院正式向长春光机所下达了样机研制任务。

所长王大珩替长春光机所接下了这个沉甸甸的任务，他觉得既光荣，又艰难。他感到幸运，长春光机所能够承担这样大的国防课题，正是国家对光机所成立以来发展程度的肯定。艰难的是，这样一个大型任务，在没有参照物的情况下，如何做成？他心里想的是，既要把事情做出来，又要把工作做到最好，完成国家赋予的重任。几番思考后，他在所里提出，要"一竿子插到底"，即既要承担样机的设计任务，还要承担经纬仪整机的制造和生产任务。王大珩全面考虑了光机所的情况：一来光机所经过多年的发展，已经具备了一定的技术力量和加工能力；二来大型电影经纬仪的结构复杂，光机所要提供的是高档设备，技术上的综合性极强，从方案论证、技术攻关到造出产品，有许多问题是相互交叉、难以分割的，有许多微妙精细之处，从研究到制造生产，如果转手，很难实现，且将研究与生产分开，工厂又需另建一套测试及加工设备，那就会造成不必要的浪费，还会拖长研制时间。只有"一竿子插到底"，从论证、设计到试制一把抓，做出令人满意的成品，才算是圆满地完成了国家下达的任务。王大珩的考虑显然是高瞻远瞩的，既考虑到了产品的特性，后继工作中通过"一竿子插到底"，研究队伍得到了锻炼，促进了光机所的产研结合，也令光机所在未来的发展中深深受益。

为了完成大型电影经纬仪的研制和生产，王大珩提出了三大考虑：一是成立0308厂，专门负责大型电影经纬仪的制造工作；二是光机所与机械所合并，通过整合增强研究所机械部分的研制力量；三是向国家申请 150 万美元的外汇，用于进口部分精密机床。这三件事，从人员和装备上为光机所开展大型电影经纬仪的研究和试制工作奠定了较好的基础。

王大珩是这项任务的总设计师，总抓"150-1"大型光学跟踪电影经纬仪的研制工作。他根据自己的专业知识，提出了有益的设计建议。他主要从望远镜的口径、焦距等结构参数，对仪器的总体框架方案提出了设想。他设计了望远镜的十字线结构，使瞄准线不因为镜筒挠曲而改变，提高了瞄准精度。他还提出使用水平转轴，采用滚轮弹簧支承及驱动系统，从而大大增强了水平轴运转的灵活性、平稳性及自控能力。其中，在设计过程中，有一个直径接近 2 米的端面滚动轴承，它是支撑整台装置实现 360 度旋转的重要部件，对轴承面的平面度要求甚高，因为它的偏差将直接影响测量系统的垂直轴偏差。在研究人员一筹莫展之际，王大珩运用他丰富的光学知识，提出了一个大胆且富有创新精神的想法：将一台立式车床进行改装，保证研磨盘在转盘上旋转时有足够的稳定性；同时，在立式车床旁安装一台牛头刨床，利用刨床刀架的往复直线运动，拉动工件沿研磨盘的直径方向做往复运动。王大珩通过类似于研磨光学镜面的办法，把轴承端面研磨到了 3～5 微米，使整台仪器的测量精度达到了国际水平。王大珩的建议在"150-1"大型电影经纬仪的研制中都得到了采纳和应用。

王大珩带领下的长春光机所，经过五年半的艰苦努力，研制成功了"150-1"大型电影经纬仪，以超过预计的指标通过了国防科委的鉴定验收，成功应用于我国导弹靶场观测中。

根据验收，当时长春光机所研制出来的"150-1"大型电影经纬仪的技术指标很高，观察距离实际能达到 210 千米，在天气晴朗的时候，甚至可以观测到 300～400 千米的距离；在测量精度上也远远超过美国的标准，性能更优越，且在使用长达 20 年后，机器仍然稳定可靠，保持了出厂时的精度。更难得的是，长春光机所通过这项任务，锻炼出了一批光学设备研制的技术队伍，为进一步发展我国的测控技术打下了很好的基础，并形成了长期以来光机所产研结合的发展模式。

若干年后，王大珩在总结"150-1"大型电影经纬仪研制成功的经验时说："我庆幸'150-1工程'是按一竿子插到底的方式进行的，而且很成功，培养了许多能综观全局、驾驭总体、理论结合实际的人才。这种做法，在今天改革的新形势下，得到了进一步肯定，在科学院纳入了'一院两制'的开发体制。"

继"150-1"大型电影经纬仪后，长春光机所获得了经纬仪研制的宝贵经验，此后在"160工程""170跟踪望远镜"研制中都取得了可喜的成就。不仅如此，应用于远洋测量船上的光学设备研制项目中，也可见王大珩的踪影。这就是大名鼎鼎的"718工程"，即激光、红外、电视、电影经纬仪研制项目以及船体变形测量系统项目。

王大珩在这两项工作中也起了重要的指导作用，在经纬仪研制上，他组织科研人员制定方案，多次进行海上试验，提出要在海上颠簸、潮湿、太阳直射等特殊的环境下，对典型零件进行"三防"处理，即防湿热、防霉、防盐腐蚀，这样才能确保仪器长期稳定使用。他们还研究了海上大气抖动，船体置平稳定性。为确保仪器在海上的使用精度，在王大珩的指导下，科技人员对经纬仪的仪器轴系结构、主镜等部件进行了多次振动、冲击试验，并做了仪器实体模型控制系统及结构刚度方案试验，对仪器整体模型进行了冲击、振动试验，通过上述工作采集到的大量数据，为经纬仪技术设计奠定了很好的基础。

此外，在测量船布局上，王大珩提出把船上烟囱移到船尾，利用船的中心有利位置布设测量仪器，特别是光学经纬仪，须对周围甲板采取措施，使光学望远镜的成像质量不致受太阳照射甲板产生气流变化的影响；王大珩还发明了一套利用机械连杆及飘动钢筒加上光学测量的方法，解决船体摇摆和挠曲变形在测角上得到补偿的问题。经纬仪作为距离分析仪器，必须要考虑到大气环流、大气抖动等因素，他提出，安置经纬仪的地板一定要是木头的，因为地面如果是钢板，在大海中潮湿的环境下，经过太阳照射后会蒸发出水汽，从而影响经纬仪的作用距离。王大珩所提出的这些方案，最后都被证明是十分有效的。

经过多次试验、调试，我国终于独立研制成功现代化的多功能舰载电影经纬仪第一代船体变形测量系统，并且在1980年5月首次执行向太平洋发射洲际导弹的试验任务中，取得了圆满成功。

再说王大珩参与的与卫星相关的工作。在1958年5月17日召开的中共八大二次会议上，毛泽东发出"我们也要搞人造卫星"的号召。1965年1月，党中央正式做出了研制我国第一颗人造地球卫星的决定。1965年4月29日，国防科委向中央提出了要在1970—1971年发射我国第一颗人造卫星的报告，并建议由中国科学院负责卫星工程。1965年5月31日，中国科学院成立了卫星本体组、地面设备组、生物组和卫星轨道组4个专家组，王大珩被任命为地面设备组组长。1965年8月，中国科学院召集院内有关单位负责人开会，讨论卫星工程任务的落实和组织实施情况。会议上成立了卫星总体设计组，赵九章担任组长，郭永怀、王大珩担任副组长。

1965年10月20日—11月30日，中国科学院主持召开了我国第一颗人造地球卫星的总体方案论证会。王大珩和来自有关单位共100余名科技人员参加了会议。王大珩在会上发言，在地面跟踪方案问题上，深入浅出地向与会者介绍了光学编码度盘的原理和应用。对于我国第一颗人造地球卫星采用的跟踪体制问题，他支持了与会年轻人的看法——采用国际上刚发展起来的多普勒测速定位跟踪系统新技术。这次论证会，确定了我国第一颗人造地球卫星的性质为科学试验卫星，提出了卫星研制的方案并部署了任务，以"东方红一号"为这颗卫星命名。

1970年4月24日，我国第一颗人造地球卫星在预定的计划中发射入轨，一曲《东方红》在浩瀚无际的宇宙中唱响，在中国航天史册上写下了新的篇章。

以上是王大珩早期参与我国卫星工作的情况。他与长春光机所大量参与到我国卫星研制工作中，是在1965年长春光机所接受了我国第一颗返回式卫星的空间摄影相机的研制任务后。

空间摄影相机是返回式遥感卫星的"主角"，它令卫星在天空中摄影，通过回收胶片暗盒，使地面上的观察人员能够"看得到"，获得遥感资料。长春光机所负责的工作就是研制出这台空间摄影相机。

在方案论证过程中，最初定下来的是采用地物相机的方案，即让卫星携带一台可见光地物相机，用以在轨道上对地面预定地区摄影。但王大珩认为这是不够的，还需要用星体摄影作为同步定位手段。他提出，要在研制地物相机的同时研究星空相机，装在卫星上，用来拍摄恒星照片，以便在事后作为定位的参考，并用来校正卫星姿态误差。王大珩的方案可谓是高瞻远瞩的，一来用双相机定位将更精确，二来星空相机从长远看，也是有必要发展的。

但一开始王大珩的方案并没有得到认可。在太空环境中，烈日当空，地面日光反射又很强烈，要把暗背景的星象拍摄下来，就必须消除一切强杂光，在当时的技术条件下，要达到这样的拍摄效果难度很大。王大珩的提议等于增加了一个新的攻关项目，加大了研究难度，研究计划要改变的地方太多了。许多人都没有信心，也觉得在短期内不可能完成这样的任务。但王大珩很坚持，他说："星空相机迟早是要上的。与其晚上，不如尽早取得一些经验。即使失败了，也是为今后的成功做出试探。"为了确定目标的地理位置，王大珩提出采用地物相机和星空相机组合的同轴双向相机系统，从而获得拍摄目标的位置信息。他的方案最终被采纳。

这期间，王大珩带着一部分科研人员来到北京，奉命筹备一个新机构——第十五研究院，这个机构的主要任务是研制卫星。因为当时正值"文化大革命"时期，这项关系着国防大事的重大研制工作不宜安排在长春，于是他们借用了北京工业学院四系的教学楼作为工作用房。他把长春光机所有关人员和北京工业学院四系搞过航空相机的教师组织起来开展工作。任务开展的时候正值冬天，北京气候寒冷，办公室内又没有暖气，工作人员只好自己生煤炉取暖，而且办公的地方没有厕所，上厕所还要走到另一栋楼去，条件十分艰苦。但王大珩等人不怕困难，他的团队心很齐，大家加班加点攻关搞设计，最终取得了很好的效果。

历时八年，科研人员在艰难的条件下，给卫星设计出了一双"慧眼"。在一系列组装、调校后，最终卫星研制获得成功。1975年11月26日，我国成功发射了第一颗返回式侦察卫星。卫星在环绕地球运行了3天以后，被成功回收。我国成为世界上第三个能够回收卫星的国家。在返回地球的卫星相机中，人们欣喜地看到了相机在太空中拍摄的图像，不仅有地面的情况，还能看到天空中运转的星球图像，记录了十分可靠的数据。这颗卫星上天，是极其有意义的，为我国发展空间科学提供了强有力的依据。王大珩欣喜地说："不仅为以后几十次上天开了个好头，而且锻炼了一支经过磨难和基本训练的队伍，为我国对地观测科研领域的技术发展奠定了坚实的基础。"

1999年9月18日，在中华人民共和国成

第六章 "两弹一星",铸造辉煌

立50周年前夕,党中央、国务院、中央军委隆重表彰为我国"两弹一星"事业做出突出贡献的23位科技专家,授予于敏、王大珩、王希季、朱光亚、孙家栋、任新民、吴自良、陈芳允、陈能宽、杨嘉墀、周光召、钱学森、屠守锷、黄纬禄、程开甲、彭桓武"两弹一星"功勋奖章,追授王淦昌、邓稼先、赵九章、姚桐斌、钱骥、钱三强、郭永怀"两弹一星"功勋奖章。当领到功勋奖章的那一刻,王大珩的眼睛湿润了,他又回想起自己与长春光机所的同志们在困难中并肩战斗、艰苦创业的峥嵘岁月了。王大珩说:

> 在科学研究中应当永远保持这一优良传统和精神,那就是热爱祖国、无私奉献、自力更生、艰苦奋斗、大力协同、勇攀高峰。这就是"两弹一星"的精神。我们要永远发扬崇尚科学、团结协作、追求一流、讲求正气的团队精神。我们就是靠这种精神,独立自主地发展我国的光学事业的尖端技术,做出突出成绩和贡献的。

第七章
聚焦前沿，抢占高技术阵地

如果说王大珩的前半生是为了祖国光学事业，尤其是国防光学而奋斗的生涯，那么，进入20世纪80年代以来，他步伐坚定，从一名技术专家，向一名战略科学家成长和转变。他尽职尽责，为国家科技战略发展殚精竭虑！

王大珩是1955年中国科学院首批学部委员（即如今的中国科学院院士）。首批学部委员的遴选条件是：对于本门科学有比较重要的贡献者；对于本门科学在过去或现在起了推动作用者；忠于人民事业者。作为首批233名学部委员之一，王大珩感到，荣誉与责任是紧紧联系在一起的。自当选后，他认真履行学部委员的职责，积极参与学部的活动，参加了我国关于建立研究生制度、实行科学奖励制度、制定科学发展规划等与国家科技事业息息相关的大事讨论。从那时起，王大珩已经涉足国家科技发展战略。后来他参与国防光学事业，除了作为一名科学家，关注光学学科的发展，更是把自己所在学科代入我国整个科学事业的大局中，体现了高瞻远瞩的精神。

1981年5月19日，在中国科学院第四次学部委员大会上，王大珩当选为中国科学院主席团（后改为学部主席团）成员，在技术科学部全体会议上，王大珩当选为学部常委和学部副主任。1983年，因原主任李薰去世，王大珩接过担子，担任技术科学部主任，直至1994年。在任的这十余年间，王大珩认真履职，领导技术科学部做了大量工作，成效显著。例如，在组织学部委员开展咨询方面，他首先提出变被动咨询——即接受政府决策部门委托咨询，为主动咨询，鼓励学部成员结合科学技术发展的关键问题，积极出谋划策，提供情况和建议，供政府部门决策参考，取得了很好的效果。

关于学部开展咨询工作，早在 1982 年 8 月，王大珩组织技术科学部相关学部委员提出两个咨询报告，一个是《关于当前发展我国集成电路的建议》，另一个是《关于发展我国计算机的建议》。这是中国科学院学部主动进行调查研究后最先提交政府部门的咨询报告。后来，结合国际发展新态势，经过进一步研究，到 20 世纪 80 年代末期，王大珩和师昌绪领导技术科学部又完成 6 个主动咨询报告，并汇编成《中国科学院学部委员咨询报告》，分别是：《以电力为中心，论我国的能源发展战略》《关于试行公开招聘重点工科院校学术带头人的建议》《按照市场经济规律改革我国通信管理体制的建议》《促进我国计算机发展的良性循环的研究》《促进我国集成电路产业进入良性循环的建议》《发展我国钢铁工业原料路线的建议》。报告上报后，国务院领导很快做出批示："请把科学院六个专题报告分送到计委和有关部委进行研究讨论，并在'八五'计划中适当采纳。"同时，国务院办公厅专函向报告主持者王大珩和师昌绪致谢："对你们关心国家社会主义现代化建设，以极大的热情向政府提出有意义的建议表示衷心的感谢，并通过你们向全体参加编制这些专题报告的科学家和科技工作者表示谢意。"1989年，在王大珩的建议和主持下，制定了《关于学部委员咨询工作的暂行规定》，成为中国科学院学部开展咨询的第一个内部法规性文件，令学部咨询制度化、科学化。

从这时候起，王大珩从一名科学家，逐渐成长为一名优秀的战略科学家。这期间，他做出的一件轰动而又富有成效的事，就是联合其他科学家提出"863"计划，他为这一计划点火又点拨，促进了我国高技术行业的发展，增强了我国的国力。

20世纪80年代，国内科学技术界有一个热议的话题：迎接新技术革命和挑战。一些国家把目光瞄准21世纪，在科学技术发展上制订各自的战略计划，以图抢占高技术桥头堡，掀起了世界范围内新的科学技术竞争浪潮。先是美国于1983年提出了"战略防御倡议"（Strategic Defense Initiative，简称SDI）。它针对苏联的战略洲际核导弹，以构成一个战略防御威慑系统。这个系统的核心，是利用强激光，通过直接（卫星、天基）或间接（地基）发射台，将其指向来犯的导弹并摧毁它。因此，美国的"战略防御倡议"也被世人称为"星球大战计划"。其他各国也不甘落后，西欧各国共同签署了"尤里卡计划"，日本出台了"科技振兴基本国策"，苏联和东欧国家制定了"科技进步综合纲领"，韩国推出了"国家长远发展构想"，印度发表了"新技术政策声明"。在这种国际趋势下，中国要想紧紧赶上，就要紧密结合国情，制订出有力的计划！

面对复杂的国际形势，我国学界的主流意见认为，国家应该采取相应的对策，迎接新技术革命和挑战。但也有科学家有不同的看法，即认为中国目前尚不具备全面发展高科技的经济实力，还是先搞一些短期见效的项目为好，等人家把高技术搞出来了，我们的经济实力也强了，可以采取"拿来主义"，引进他们的成果为我所用。这两种观点都各有道理，也都各有支持的一方。

王大珩的态度旗帜鲜明："现在不做，到下世纪就没有了，就根本跟不上了！"这句话也可以反映出他内心的焦急，他总是挂在嘴边的话是"时不我待""不落后于人"，他的人生经历令他形成的一个观念就是"科技强国"，他迫切希望通过发展高技术，提升中国的整体科技实力，从而在世界大局中占据有利形势。

1985年9月1—4日，在国家有关部门组织的有关国际星战形式的专家讨论会上，与会专家分析了美国"战略防御倡议"的军事意义和对世界格局的影响，以及在技术上所遇到的关键问题及其现实性。中国科学院技术科学部负责研究分析光电子学部分，王大珩与中国科学院有关专家出席了会议。王大珩形容在这次会议上，专家们形成了一种共识："要以有限的目标，突出重点，进行高技术跟踪，所取得的成果还要有带动一片的作用。这样，花钱只是美国的百分之二三，而可以保持我国的国际地位，影响两霸平衡。同样重要的是我国多少年来通过发展国防尖端技术而锻炼出来的一支经验丰富、高水平的科技队伍，他们是国家的宝贵财富，不至于流散，并藉以培养年轻一代，为下一世纪的发展铺设道路。"继而在 10 月 24—27 日，王大珩提议中国科学院技术科学部召集中国科学院的专家，在友谊宾馆开会，讨论光电子技术发展的情况。

王大珩有参与"两弹一星"研制的丰富经验，他以自己多年的亲身感受为底，沉着有力地阐述了自己的观点：早年国家搞"两弹一星"的时候，我国的经济实力也完全不能与美苏等超级大国相提并论，但是我国独立自主、自力更生，所以只花了不到美苏 1/20 的钱就搞出了"两弹一星"，这样在国际上的地位就大不一样了，人民才有了不受核威慑的生活环境。搞高科技研究也是一样，只要我们集中力量、突出重点，完全可以花较少的钱办较大的事。此外，高技术的东西，"有一点儿"和"一点儿没有"大不一样，是个战略问题。就我国国情而言，我们国家只能是重点地搞，这个重点怎么搞呢，要利用这个作为一个种子，能带动其他的方面。

王大珩有理、有据、有节地讲出了道理，他的说法强辩有力，他的观点得到了许多科学家的赞同。但到了1986年年初，我国究竟要怎么办，经费怎么来，尚没有一个明确的说法，王大珩每每想起，心里就涌起一股焦急的情绪，他迫不及待要向有关部门提出建议，想出办法来。这些便是王大珩写"863"计划建议前期的酝酿过程。

王大珩进而想，能不能向有关部门反映问题，促进这一事情的发展呢？很快，他的想法就得到了实践。

那是1986年年初的一天，无线电电子学专家陈芳允来到王大珩家。他们本就是好友，又一同参加了"两弹一星"工作，对国家的科技发展方向十分关心，很能谈到一起去。在一番细谈后，他们说起了目前热议的发展高技术的话题，彼此交流了想法。陈芳允提议："能不能写个东西，把我们的想法向上反映反映？"王大珩表示赞成："对，应该让最高领导了解我们的想法，争取为国家决策提供帮助。"他们商定好要立即写一个建议呈送给中央和国务院领导，并决定由王大珩负责起草建议书。

关于这份建议书的起草过程，王大珩回忆道："我自己写了我国应采取对策的主文，主要是归纳了专家座谈会上的意见。我又邀请航天部科技委的杨嘉墀，因为他对空间技术很熟悉，还有我国科学界前辈王淦昌，经商量定稿后，由我们4人以中国科学院学部委员的名义，于1986年3月3日，联名上书中央领导，题目是《关于跟踪研究外国战略性高技术发展的建议》。"

这份有重大历史意义的建议书开门见山："在过去半年多的时间里，我们对美国的'战略防御倡议'（俗称'星球大战计划'）进行了了解、论证、分析；对它的目的和作用已基本认清；对于我国应采取的对策也形成了一些看法。我们深感有责任向领导反映，作为决策的参考。"

王大珩说："必须从现在抓起，以力所能及的资金和人力跟踪新技术的发展进程。须知，当今世界的竞争非常激烈，稍一懈怠，就会一蹶不振。此时不抓，就会落后到以后翻不了身的地步……在整个世界都在加速新技术发展的形势下，我们若不急起直追，后果是不堪设想的。"建议书的主要观点是：

一、高科技问题事关国际上的国力竞争，我们不能置之不理。

二、在关系到国力的高技术方面，首先要争取一个"有"字，有与没有大不一样。真正的高技术是花钱买不来的。

三、鉴于我国的经济情况，从事高技术的规划与范围，无法与工业发达国家相比。因此，必须"突出重点，有限目标"，强调储备与带动性。

四、积极跟踪国际先进水平，要能在进入所涉及的国际俱乐部占有一席之地。

五、发挥现在高技术骨干的作用，通过实际培养人才，为下个世纪的发展做好准备。

时不我待，要有紧迫感，发展高技术

是需要时间的，抓晚了就等于自甘落后，难于再起。

在建议书中，王大珩思考了两个问题，一是需要做什么，二是需要多少经费。前一个问题，他在"对付空间武器的手段"和"做好跟踪"之间，来回修改了好几次，最后定稿"做好跟踪"。后一个问题，他反复斟酌，心里想，只要我们国家少进口一点小轿车，每个人省一个鸡蛋，就用这些钱来搞高技术吧！王大珩一气呵成写完了这份建议书，他深深地舒了一口气，既感到兴奋，又如释重负。

在建议书签名之后，王大珩又想到并且亲自做了两件事：一是他想到，光有一份建议书送给中央领导人，似乎有点突兀，应该写一封信作简要情况说明为好。于是他亲笔写了一封致邓小平等中央领导同志的信。信的主要内容如下：

> 我们四位科学院学部委员（王淦昌、陈芳允、杨嘉墀、王大珩）关心到美国"战略

防御倡议"对世界各国引起的反应和采取的对策，认为我国也应采取适当的对策，为此，提出了"关于跟踪研究外国战略性高技术发展的建议"。现经我们签名呈上，敬恳察阅裁夺。

这封随建议书附上的信，是王大珩亲笔书写的。他考虑到王淦昌是4个人中年纪最大的，又德高望重，于是把王淦昌的名字列在了第一位，而把自己放在了最后。

由王大珩、王淦昌、陈芳允、杨嘉墀4人联名的建议书，于1986年3月3日被送到有关部门。建议书递交后仅仅过了两天，邓小平就做出批示："此事宜速决断，不可拖延。"

邓小平这样超常规地奇快阅批几位科学家的建议，当时所有接触到这件事情的人，没有不感觉惊诧的，其实，这也得归功于王大珩，是他想事细心、做事用心的结果。

邓小平批示后，各方面抓紧贯彻落实，同样也是快速高效。据王大珩回忆："我们4人还受到国务委员张劲夫同志的亲切接见，我想这是因为张劲夫同志过去是中国科学院的党组书记，他和我们4人都很熟悉。"

1986年4—9月，国务院先后组织200多名有关专家进行调查论证，而后制定《国家高技术研究发展计划纲要》（简称《纲要》），并经中央政治局批准实施。为了纪念《纲要》缘起的1986年3月，后来便将其俗称为"863"计划。

后来，中央在讨论"863"计划时，又遇到了"以军为主"还是"以民为主"的问题，大家议论纷纷，关键时候，邓小平同志指出："军民结合，以民为主。"可见国家领导人对这件事的重视程度。

在多部门的关心和协作下，"863"计划确定了目标：在几个高技术领域，跟踪国际水平，缩小同国外的差距，并力争在我国有优势的领域有所突破，为20世纪末特别是21世纪初的经济发展和国防安全创造条件；培育新一代高水平的科技人才；通过伞形辐射，带动相关领域的科学技术进步；为21世纪初的经济发展和国防建设奠定比较先进的技术基础，并为高技术本身的发展创造良好的条件；把阶段性研究成果同其他推广应用计划密切衔接，迅速转化为生产力，发挥经济效益。进而，本着有限目标、突出重点、瞄准前沿、积极跟踪的原则，推荐我国优先发展的生物技术、航天技术、激光技术、自动化技术、信息技术、能源技术、新材料技术等7个领域，并具体化为15个主题项目实施。"863"计划实施时间定为15年，总经费投入为100亿元。

1991年4月23日，在"863"计划实施5周年之际，邓小平同志为国家科委召开的"863"计划工作会议和高新技术产业开发区工作会议题词——"发展高科技，实现现代化"。这十个字，再一次指明了我国发展高科技的方向和目标。

王大珩始终关心"863"计划的实施。每当他看到或者听到该计划取得的新进展，他的喜悦都是发自内心的。一次，他得到科技部一份材料，总结"863"计划的阶段成果，他手里拿着放大镜专心致志地趴在桌上看，有一组数据几乎是一字一句拿着放大镜读下来的："'八五'

期间，'863'计划投入的各项资金总额约23亿元，直接参加人员7.12万人年……到1995年年底，'863'计划民口6个领域的15个主题，已全面完成了各阶段的既定目标，共取得研究成果1200多项，获国家级或省部级奖567项，达到国际水平540项，获专利244项。成果获奖率达到45.6%，其中国家级奖达5%。"王大珩看完数据，联想起以往的情况，颇有感触，他认为实施"863"计划，在体制上有一个很好的革新，即不由行政领导来决策，而是由专家来决策，这是一个很大的特点。

王大珩不满足于提建议，他还要把想法付诸实施。"863"计划的各个主题项目，他都感兴趣，并尽自己所见所思发表意见，对一些特别关注的领域，更不顾年高视力差亲自参与。

以航天技术为例，这是"863"计划的第二主题。我国提出载人航天建议由来已久，1992年9月21日批准载人航天立项，并明确载人飞船—空间实验室—空间站三步走的发展规划（即"921"工程），其中都有王大珩付出的心力。航空航天系统工程专家顾逸东院士曾这样回忆王大珩参与工作的情况：

> 王老是载人航天工程评审专家组的副组长，也是载人航天应用系统论证、设计阶段评审组的主要负责人，在确定任务和技术方案的过程中，他尽心尽力，严格把关，他在几次讲话中，提出了要采用系统工程方法，搞好载人航天应用，要严格按工程规范等重要指导意见和许多宝贵的具体意见。

又如被列为航天应用重要任务之一的高级空间光学系统，这原本就是个高精尖项目，王大珩有过从事卫星相机研制的经验，他意识到这个项目的成功将对我国空间光学技术的发展起到很大的推动作用。他对这件事很感兴趣，投入了很大的关注，曾多次到承担任务的研究所去检查工作和参加评审。1995年，在光学材料工艺处理设备前，他看到工艺处理技术有了新的提高，表现得很兴奋，并就自己几十年前就熟谙于心的光学玻璃材料性能与处理工艺的重要关联，做了深入浅出的讲解。时隔15年后，听过讲解的顾逸东回忆说："王老关于'豆腐渣'的比喻和'微裂纹'的危害，至今使我和每一个参加研制工作的同志印象深刻。"

在确定空间光学系统方案时，研究人员对采用球面光学系统和非球面光学系统争执不定。因为载人航天器的安全需要，对光学系统有重量限制。球面光学系统的优势是已有较为成熟的技术，且成像清晰，但问题在于系统结构复杂，重量较大；非球面光学系统因为没有在大型项目中使用的经验，且在当时的技术条件下，存在设计和加工难度较大的问题，因此研究人员对此有顾虑。王大珩在听取了研究人员的汇报后，考虑再三，站在空间光学长远发展需要的高度，提出打破常规，认为非球面光学系统完全可以实现！王大珩的意见是着眼于长远意义和应用前景，他对所提方案大声疾呼，每会必讲，逢人必讲，极力推动。

据顾逸东回忆，后来按照王大珩的意见，部

署了两个攻关小组进行这个项目，且"在此期间，王老多次约我们到他家里，了解情况，提出指导意见"。经过两年多的不懈努力，研究人员终于攻克并系统掌握了非球面设计、加工、测试、装调等一系列关键技术。项目承担方（长春光机所、西安光机所和其他有关单位）采用了一系列新技术、新方法，研制出了当时最轻量化、最高质量的高级空间光学系统，安装在"神舟五号"飞船上，并圆满地完成了空间飞行任务。使用非球面光学系统在我国空间光学技术发展史上具有开创性意义。在这次任务后，非球面光学核心技术得到了一系列发展，并用于我国后续的一系列任务中，从而推动了我国空间光学技术的跨越式发展。

王大珩心里总惦记着空间光学性能问题，2006年，他因病住进了医院，思考却仍在病床上继续着。一天，他让秘书打电话约请项目主持人顾逸东到医院面谈，谈的还是关于提高光学系统性能的问题。"见面后他开门见山地说：'晚上睡不着觉，也没有笔和计算器，心算了一些结果，看看有没有道理……'我惊异于他惊人的记忆力和对问题的准确把握，更为他呕心沥血致力于事业的精神深深感动。"顾逸东回忆道。

"863"计划实施以后，上万名科学家协同攻关，我国的高技术研究开发取得了重要进展，进入了一个新阶段。15年来，在党中央和国务院的正确领导下，在有关部门的大力支持下，经过广大科技人员的奋力攻关，"863"计划取得了重大进展，为我国高技术发展、经济建设和国家安全做出了重要贡献。2001年，王大珩荣获国家

"863"计划4位倡议者合影（左起：王大珩、王淦昌、杨嘉墀、陈芳允）

"863"计划特殊贡献先进个人称号。2018年12月18日,王大珩被党中央、国务院授予改革先锋称号,获颁改革先锋奖章,并获评"'863'计划的主要倡导者"。

第八章
倡立工程院，作用在关节处

1994年6月3—8日，中国工程院成立大会和中国科学院第七次院士大会在北京召开，中国工程院宣告成立。这次两院院士大会上，新老院士共济一堂，共商国家科技发展大计，这次大会，可以说是我国科技发展史上的一个里程碑。

中国工程院是中国工程技术界的最高荣誉性、咨询性学术机构。这个机构是应改革开放大

第八章 倡立工程院，作用在关节处

势而诞生的高端智库，自成立以来，主要是按照章程规定，接受政府委托，对重大工程技术规划、计划和方案等提供咨询；研究、讨论重大工程技术的发展问题，并提出建议；团结和带领全国工程技术界贯彻落实党和国家关于科技工作的方针政策；开展国内外学术交流与合作。

关于中国工程院的成立，要追溯的是两件大事。一件事是20世纪70年代末，我国科技界就不断呼吁建立国家工程技术方面的最高学术机构（即后来的中国工程院）。美国全国科研理事局作为一个政府办事机构，一个重要的任务就是组织3个国家科技院（也就是科学院、工程院和医学院）的院士，对重要科技问题进行研究、咨询、讨论。当时美国科学院院士为1100人、工程院院士为700人、医学院院士为400人。其中，医学院院士的人数是固定的，缺一补一；工程院院士的目标是达到1500人。国外早已有专门的工程技术学术机构，而中国还没有，这样的现实，令许多科技界人士呼吁，早日成立国家工程技术方面的最高学术机构。

另一件事是20世纪50年代中期开始，我国曾经几次酝酿在中国实行院士制度，但出于种种原因，每次都搁浅了。这样两件大的历史性事件，终于在1994年如愿以偿。查阅有关的档案材料发现，在这两件事的整个进程中，尤其在许多关节点上，都能见到王大珩的名字。

中国工程院的成立，尽管在时间上较国内同类型的学术机构，如中国科学院、中国社会科学院要晚，但经历的酝酿期却很长。1978年3月，邓小平在全国科学大会上提出"科学技术是生产力"这一论断，空前激发和提高了全社会对发展科学技术重要性的认识；同年12月，中共十一届三中全会决定，把全党工作的重点转移到社会主义现代化建设上来，以经济建设为中心。在此背景之下，以前受到冷落，甚至被视为"雕虫小技"的工程技术，开始引起关注，特别针对时下中国工程技术水平低，队伍薄弱，研究、设计、建造能力落后的现实，许多人士开始冷静思考、热烈讨论，并且形成共识：从长远着想，中国有必要建立一个以工程技术为主体的最高学术机构，以提高工程技术和工程师在国家建设中的地位，加强责任制，调动积极性，更好地发挥工程技术的整体作用。

相关提案从20世纪70年代末起就不断被提出。1979年五届政协二次会议上，就有多件提案，建议加强工程技术和应用科学研究，要求实行工程师负责制；1980年五届政协三次会议上，出现第一件关于成立中国工程科学院的提案，"建议成立中国工程科学院，研究和规划国家工程科学研究的方向、方针、重点任务、条件、措施、审查等重要的工程科学问题，作为国家工程科学方面的咨询机构"，提案人是张光斗和俞宝传。在之后的十几年里，这类提案年年都有，有时一年有几件。例如，1992年的七届政协五次会议上就有3件相关提案，且每件提案至少是2人联署，1986年的一件提案联署者多达83人。据统计，历年参与过成立工程院提案的政协委员、人大代表和工程科技专家不下150人（次）。不仅如此，许多科学家还在报纸、杂志上对此事大声疾呼。1981年，罗沛霖在《自然辩证法通讯》上发表《技术科学在我国国民经济和国防建设中的地位》一文，文中谈到了美国、日本、西欧、苏联等国科学技术发展的经验，强调了后进国家、地区赶上先进必须突出的重点环节。1982年9月17日，《光明日报》刊登了张光斗、吴仲华、罗沛霖、师昌绪4位中国科学院学部委员的署名文章，题目是《实现四化必须发展工程技术科学》。由此可见，科技界关于成立工程院呼声很高，响应很多！

王大珩一直是这件事情的积极参与者和推动者，他认为科学与技术并行发展，提高工程技术和工程师的地位，对于加速我国基础工业建设，增强综合国力，提高国际竞争能力具有重要的现实意义。王大珩赞同成立中国工程院，他曾先后参与过4次正式提案或建议。1986年，他和茅以升、钱三强、吴仲华、张光斗、黄汲清、侯祥麟、罗沛霖等83人联名提案；1988年，他和陶亨咸、张维、钱保功、陆元九、陈永龄等联名提案；1992年，他又参与21人联署提案。真正起到历史性关键作用的，是1992年4月，由罗沛霖起草,张光斗、王大珩、师昌绪、张维、侯祥麟这六位科学家联署的一份在中国工程院建院历史上起了重要推动作用的建议书。

1992年春,这份由王大珩等6名中国科学院学部委员联合署名的建议书被送进中南海,刊登在了中央办公厅5月8日编印的《综合与摘报》(第54期)上,题目是《关于早日建立中国工程与技术科学院的建议》。这份建议书从措辞到内容,完全体现了科学家的简明、率真风格,全文1000余字,没有套话、空话、大话,但视野开阔,言之有理,从世界工程技术和技术科学发展的历史与现状,讲到我国的差距,再讲到需要提高工程科学技术研究、设计、建造能力,提高产品竞争能力,增强综合国力,而后提出建立中国工程院,以提高工程技术和工程师地位的建议。此外,他们还就这个新建最高学术机构的性质、任务以及它与中国科学院(主要是技术科学部)的日后关系等,提出了构想。

这个院的中心任务应是为国家、为政

府的重大工程技术和技术科学决策以及技术经济问题提供具有权威性的咨询、论证和评议，对特别重大的工程技术和技术科学成果作鉴定。它理所当然地超脱部门和地区的局限性。为了完成这样的中心任务，其成员应是经过挑选的属于国家水平的工程科技人才和对工程技术发展有重大贡献者。当然这也是给当选人员在工程科技方面的最高荣誉。我们建议立即责成中国科学院承担筹办的具体工作。以中科院技术科学部以及其他学部的部分委员为基础，吸收科学院学部以外的在工程技术方面有高度发明的人员组成筹备委员会。

这份建议书还提到了两个问题：第一个问题是，"本次科学院学部委员增选中，许多产业部门很有成就的专家，在科学技术方面做出重大贡献的工程技术工作者，都未能纳入，也说明了建立工程与技术科学院是极端必要的"；第二个问题是，"建立工程与技术科学院后，我们就可成为

（国际）工程与技术科学院联合委员会的正式成员，从而加强国际间科技和经验交流，得到益处。现在我们尚未成为正式成员……这也是我们必须迅速建院的一个必须考虑的紧迫因素"。这两个问题都是时下科技界讨论热烈的，也是亟待解决的重大难题，关联着成立中国工程院的必要性和紧迫性。6位科学家高瞻远瞩，把这两项列入其中，是充分体现了他们对重大热点问题的关注和思考。这份建议书，对于中国工程院的建立和中国实行院士制度，被认为起了历史性的作用。

虽然国内科技界对建院的呼声很高，但也有人持不同意见。有人认为，我国已经有中国科学院了，还有必要再建一个工程院吗？并且，两院并立会造成理工分家，不利于学科交叉，协同发展。除此之外，人们对于工程院建成以后的性质和职能范围也有不同的意见。例如，工程院是不设下属研究开发机构的虚体，还是像现在科学院一样的实体？由哪个部门牵头负责筹建？

为了解决这些问题，使工程院的筹建工作得以顺利推进，王大珩和师昌绪这两位技术科学部

王大珩 赤子丹心 光耀中华

主任，接受中国科学院学部主席团执行主席周光召委托，由建议人转变为重要筹建者。在他们的领导下，相关人员开始了近两年的内外调研，上下协调，民主讨论，提出方案，直到正式建院。

王大珩和师昌绪组织人员搜集编印了《国外工程科学院简介》，对当时14个国家（瑞典、美国、英国、法国、日本等）工程科学院的成立背景、组织机构、院士选举、学部设置、工作方式、经费来源等情况，进行了客观、详尽地介绍，为大家讨论研究筹建中国工程院提供参考。此外，为了扩大内部共识，王大珩、师昌绪多次走访科技界、产业界的专家领导，与他们共商大策，并主持召开技术科学部常委会讨论协商，以求结合实际，形成可行的办法。

在这些工作的基础上，1992年

中国工程院6位倡建者合影（左起：罗沛霖、王大珩、张光斗、侯祥麟、张维、师昌绪）

7月18日，先归纳出筹建工程院的5条原则性意见，包括：

第一，中国工程与技术科学院（暂定名），应当是由在工程技术方面做出了重大贡献的科学家和工程师组成的学术团体，而不应当成为一个行政机构。

第二，建立中国工程与技术科学院方案的酝酿、讨论和提出，应主要依靠在工程技术领域中工作的科学家和技术专家来进行，并在广泛听取有关方面意见后，报请中央和国务院决策。

第三，中国工程与技术科学院，应当是一个"虚体"，即只设有院士（或学部委员），不设立也不管辖研究、开发之类的实体。

第四，现代科学发展的一个重要特点，是学科间相互渗透，多学科综合交叉。为避免理工截然分开，出现不利于科学技术事业发展的局面，中国工程与技术科学院和中国科学院应通过多种方式（如参考美国模式，工程科学院为中国科学院的团体成员，两院领导人适当交叉挂职等），建立起密不可分的有机联系。

第五，为精兵简政，提高效能，以及密切两院的联系，中国工程与技术科学院建立后，拟不增设办事机构，其办事职能由现中国科学院学部的办事机构承担，对外实行一套机构两块牌子。

这五条意见，中国科学院学部主席团执行主席周光召在阅后以个人名义书面报告给党中央和国务院领导。周光召请示："建议由王大珩、张光斗等六位建议人与技术科学部主任、副主任组成工作小组，在技术科学部学部委员中酝酿、讨论，并广泛征求其他学部和有关部门的意见，争取在今年十月前后形成方案，报请中央和国务院决策。"8月26日，报告获得批复后，周光召即刻指示学部联合办公室着手进行建院方案的起草。

紧接着，为起草正式建院报告，相关人员开始了又一轮更大范围的调查研究和酝酿讨论，王大珩和师昌绪以召开座谈会、个别访谈等方式，先后征求了200多位学部委员和有关专家的意见；同时，他们还亲自走访了电子、化工、机械等十几个产业部门和高校，广泛听取意见。当时王大珩已经年近八旬，但他丝毫不顾自己年事已高，整天紧张工作，四处奔波，为了促成这件事，他着实付出了极大的辛劳和努力。

经过王大珩等人的有效工作，建立中国工程院的第一份请示报告，由中国科学院和国家科委联署，于1993年2月4日正式呈报中央。这份3000多字的请示，就是关于建立中国工程院的一个内容齐全的完整方案，除了八九行字的开头语，分为三大部分陈述：第一，关于建立中国工程院的必要性，主要讲了国际发展趋势和国内发展需要；第二，关于组建中国工程院的一些原则；第三，关于中国工程院的筹建工作及进度安排。

1993年11月，中国工程院筹建进入后期阶段。这时，由于筹备领导小组成员名单几经扩大，增加了不少新老部级领导干部，工程技术界引出许多议论，担心中国工程院将来成为"官员俱乐部"的说法尤为普遍。

在这种舆论背景下，1993年11月8日，王大珩、张光斗、张维、侯祥麟、师昌绪再一次联名给党中央领导人写信，陈述了院士的标准条件，语言真挚，说出了老一辈科学家的殷切心声：

中国工程院既然是一个工程科学技术界的最高学术机构，其成员享有国家工程科技界的最高学术称号，在遴选时就必须做到严格按标准条件办事。标准的文字表述，我们同意国家科委和中国科学院报告中的提法，即"在工程科学技术领域做出重大的、创造性的成就和贡献，热爱祖国，学风正派的工程技术专家，可被推荐当选为工程院院士"……我们最关心的是：中国工程院不能成为安排干部的一个机构，所有成员必须符合上述标准，否则有损中国工程院的威望，达不到建院的目的，在国际交往中也会造成困难。

第八章 倡立工程院，作用在关节处

　　王大珩等在信中反映的意见，对调整中国工程院筹备领导小组起到了巨大作用——针对领导干部较多的情况，增加了十几名科技背景比较强、有代表性的专家，他们中多数已是中国科学院学部委员，还有在一些产业部门有突出成就的总工程师，使得"官员多"的状况有了一定的改观，且他们的意见，对后来遴选首批院士以及中国工程院规章制度的建立，也起到了很大作用。

　　1994年6月3日，中国工程院在北京成立，同时我国实行院士制度，中国科学院学部委员改称为中国科学院院士。中国工程院成立，全国从事工程技术与技术科学研究的科技人员欢欣鼓舞，这是对他们神圣劳动、奉献的庄严承认，也标志着中国现代科技史上一个全新阶段的开始。时为两院院士的王大珩，在中国工程院首届院士大会上当选为中国工程院主席团成员，主席团是中国工程院的最高决策机构。在任职的4年中，王大珩没有缺席过一次主席团会议。他积极参与问题讨论，踊跃发表意见，因为他习惯从全局和长远考量事情，他的意见往往对形成决议产生重要影响。

王大珩在中国工程院形象建设、建立中国工程院院士规范守则等方面提了很多有益的建议。例如，在朱光亚院长主持的一次工程院主席团会议上，王大珩和侯祥麟正式提议，为了树立新建工程院在国内外的良好形象，全体院士都应该珍惜自己的声誉，以实际行动履行社会责任，必须约法三章，制止不该发生的事情发生，包括不得以院士名义做商业广告等。王大珩首先提议院士不做商业广告，他在主席团发言中专门强调了这一点。这一建议成为主席团共识。中国工程院院士行为准则中专门有一条："不得以中国工程院院士名义从事商业性的广告宣传活动。院士在接受有关企业、团体或个人免费赠送报刊、书籍和其他实物时，如发现有利用院士名义进行商业宣传活动的，应予以拒绝，必要时应声明纠正。"不仅如此，章程由制止院士做商业广告，扩展到学风道德建设的方方面面，并很快在主席团下设立一个专门委员会——中国工程院道德委员会（简称"道德委员会"，现名"道德建设委员会"），专抓院士队伍的自身建设。道德委员会先后制定了《院士增选工作中院士行为规范》（以下简称《规范》）（共6条）、《中国工程院院士科学道德行为准则》（以下简称《准则》）（共7条），要求全体院士必须遵照实行。

中国工程院在制定印发《规范》《准则》的同时，特别明确规定，如有违反的将酌情处理，情节严重、影响声誉的，在全院范围内通报批评，或向社会公布，直至撤销院士称号。这些措施，成为新建中国工程院健康发展的有力保证。

如今，中国工程院建院已有26年历史。自成立以来，中国工程院应国家之所需，急国家之所急，为国家工程技术出谋划策，做出贡献，向国家和人民呈上了厚重的答卷；未来，中国工程院站在新的历史起点，必将续写更加华丽的篇章。如今，回顾中国工程院建院和发展历史时，王大珩的名字总会被人们说起，人民都记住了他。

第九章
以我为主，促"大飞机"立项

　　王大珩晚年引人注目的一件事，是有关"大飞机"的提案。他心中惦记着什么时候中国人自己生产的大飞机能自由翱翔在蔚蓝的天空中。在这件事上，自始至终，王大珩心里想的是：以我为主，不受制于人！正是这种沉甸甸的、坠于心头的紧迫感，令他在耄耋之年，还一直牵挂着我国自主研发大飞机的事。他自涉足

第九章 以我为主，促『大飞机』立项

航空领域开始，便一直在尽自己的力量，敦促"大飞机"在中国立项。

大飞机一般是指起飞总重超过 100 吨的运输类飞机，既包括军用大型运输机和民用大型运输机，也包括一次航程达到 3000 千米的军用飞机或乘座数达到 100 座以上的民用客机。从地域上讲，中国把 150 座以上的客机称为"大客机"，而国际航运体系习惯上把 300 座以上的客机称作"大型客机"，这主要是由各国的航空工业技术发展水平决定的。

中国人在一个世纪以前，就开始探索飞机制造。1908 年 5 月，中国留学生冯如在美国旧金山以东的奥克兰市创办了一家飞机制造厂——广东制造机器厂，开启了中国人的飞机之梦。但在之后的几十年里，中国人在飞机制造上并没有取得大的进展。中华人民共和国成立以后，我国制造出了能从太空看到地球的卫星，制造出了能够威慑敌对势力的核武器，但是几十年来，我国没能制造出大型的飞机。犹记得，20 世纪六七十年代，国家领导人出访，只能向国外航空公司租用飞机。每当思及此事，中国工程院院士、飞机设计师陈一坚就感到痛心："从我国第一代领导人开始，就有了研制大飞机的愿望。然而几十年过去了，中国的大飞机几经周折仍然是举步维艰，一直未能完成祖国和人民的重托。"

为了能早日研制出国产的大飞机，1970年8月，我国下达了"运-10"飞机的研制任务。"运-10"飞机一开始是定义作为首长专机，对它的要求是能跨洋过海，航程7000千米。这款飞机结构及载油重量增加，商载减少。这项任务下达于20世纪70年代初，当时我国与国外交流较少，因而飞机研制所需的新材料、新成品、新标准均需自行研制。后来因为"文化大革命"的干扰，研制任务中断。一直到1980年9月26日，"运-10"首飞成功，在国内外引起了强烈反响。然而到了1985年2月，因经费问题，"运-10"研究任务再次中断。

"运-10"研制在技术上获得的成功，激励了我国航空人发展飞机制造事业的决心。尤其是王大珩，始终关心着中国航空工业的发展。他说自己与航空工业的渊源从 1993 年就开始了，从那时起，他就认定，中国的航空工业将要有飞跃性发展。王大珩回忆自己的心路历程：

> 我介入航空工业始于 1993 年……那时我是中科院技术科学部主任，航空工业界正在讨论如何搞大飞机的问题，特别是客机。为此我参加了一个论证组到国家主要的航空基地考察。我在科学院主要抓高技术，事实上我抓高技术也非常勉强，因为我的专业是光学，这就逼着我慢慢地向高技术学习。而当时是我第一次接触航空工业，在这种情况下，航空业给我的第一个印象是，就它发展的形势上讲应当是属于高科技的。

王大珩认为，航空是国家的"要隘"技术，具有综合性、前沿性、发展性、时间性和经济性几大特点。在审查"863"计划中的高科技项目时，王大珩看到里面只有航天，并没有航空，他意识到航空工业发展缓慢，对国民经济和国防建设是不利的。1996年9月22日，王大珩和师昌绪、马宾、高镇宁、庄逢甘、顾诵芬、张彦仲等科学家联名，给江泽民总书记、李鹏总理写信，向国家提出《关于将航空技术列入重点高科技领域的建议》。老科学家心怀忧虑，他们提出，正是因为航空技术是战略性高技术，是国民经济发展的先导产业，所以要把航空技术列入重点高科技领域发展。国家采纳了这个建议，并把它列入"863"计划中。

此时此刻，王大珩已经开始关注大飞机了。他抓紧时间看资料，向人询问。他了解到"运-10"的情况，对"运-10"虽然首飞成功，但最终未能进行下去感到遗憾。又知道1985年，我国与麦道公司合作研制MD-82飞机，后来又研制MD-90项目。但这两个项目尽管花费大，但未获得成功，原因就是受到了国外资本的遏制。王大珩心里升起的想法是：不能受制于人！

王大珩清晰地认识到，我国的航空工业尽管已经为国家做了很大贡献，但是其发展走了不少弯路，与国际先进水平相比，还有二三十年的差距要赶上。而且，在航空发动机、电子、材料等方面的关键技术上差距更大。这将严重危害国家安全，影响我国的综合国力。王大珩赞同我国应该有自己制造的大型飞机，并认为已经是时候了！

最初王大珩的想法是，要先解决有和无的问题，具体思路是，走军民结合的道路发展我国的航空事业，以军用为主，研制成熟以后再发展为民用飞机。他的这一考虑是结合自己多年来从事国防军工事业的经验而来，他认为，一来军用研制可以得到国家的大力支持，二来军用飞机做好了，自然而然就可以做民用飞机了。但是他也明白军用飞机和民用飞机是有区别的，他考虑："航空技术多数具有军民两用性，成熟的军民用航空技术能相互转移和促进，但各有特点。军用航空更强调产品的特殊功能、性能和生存力，民用航空更重视产品的安全性、经济性和舒适性。我国民用航空技术基础十分薄弱，必须加快发展。"

在 20 世纪 90 年代末期世纪交替之际，王大

珩对大飞机问题做了更深入的思考,他思索的问题是:大飞机的定位是什么?对于军用和民用,他又有了不同的想法。他说:

> 此时,欧洲发生了科索沃战争,以大型民机为平台的军用特种作战飞机在战争中起了很重要的作用。期间,在北京航空航天大学举办的纪念"运-10"飞机首飞20周年会上了解到,我国在(20世纪)80年代就已经成功研制100吨级"运-10"飞机,并建立了大型客机的研制能力,形成了科研平台,经过麦道项目的国际合作,在生产和管理水平上又有了提高。未来20年我国民用大飞机的需求量是军用大飞机的10倍左右。但是,由于国际合作麦道项目和预警机项目等给国家造成的损失和影响,我意识到我国发展大飞机不能再犹豫徘徊,已经到了刻不容缓的时刻。如果我们还是依赖从外国买大飞机,错过自主发展机遇,将永远受制于人。

第九章 以我为主，促"大飞机"立项

从这段话中可以看出，王大珩的考虑更加全面了，他认为大飞机涉及的行业是方方面面的，发展大飞机是国民经济所急需的，通过民机产业的发展可以带动并促进国家整体经济、科技水平的全面发展。

王大珩希望能敦促大飞机在我国立项。在促成这件事之前，他从多方面进行调研，了解飞机的知识，曾和航空专家、中国科学院院士高镇同一起，讨论过大飞机的知识。

2000年8月初，王大珩给高镇同打了个电话，约好要去高家拜访他，一起谈一谈大飞机的事。高镇同高兴地表示了欢迎，他对王大珩说："家里没有什么好吃的招待你，我请你去吃全聚德烤鸭吧！"王大珩闻言便笑了，他痛快地回答："不用！我是在北京长大的，我喜欢喝豆汁、吃小吃。你就请我喝豆汁，行不行？"就这样，8月10日，高镇同在自己家里用朴素的吃食招待了王大珩。两位老人在家中一边吃饭一边谈天，两个多小时的时间里，他们的话题是：中国到底要不要搞大飞机？中国搞大飞机的难处在哪里？

王大珩对高镇同说，中国已经有了"歼-7""歼-8"，这些机群已经具有相当的力量，但是要想真正发展国家的航空工业，一定要把大飞机做出来，因为这是国家科技水平的真正体现。他对高镇同反复强调：大飞机代表着一个国家的工业水平，大飞机做不出来，表明国家的工业水平还没有发展上去。高镇同很赞成王大珩的话，他俩讨论得很具体。

王大珩问：要发展大飞机，都干哪些最主要的事情？

高镇同回答：发动机！中国需要的不仅仅是大飞机的机体，发动机也同样重要；大飞机的重量是100吨，我们国家研制的"轰-6"飞机重量已经有70多吨，再努力努力就可以达到，在技术上并没有很大的困难。但是大飞机用的发动机目前对我们来说还是个空白，需要填补。

高镇同说，"王大珩先生对我这个看法非常同意，所以后来他把这个意见也反映到国家领导层去了，着手抓大飞机用的涡轮风扇喷气发动机。"

为了了解大飞机研制是否已经完全具备条件，2000年11月21日，王大珩前往上海飞机制造厂考察。他详细询问了有关负责人，了解飞机的情况。王大珩考察得非常仔细，他去了飞机的总装车间，看了"运-10"的录像，还登上"运-10"做了一次近距离的观察。"运-10"的飞机梯很高，王大珩当时已经85岁，但他不顾自己腿脚不便，硬是爬上了机舱，仔细地看了飞机的内部结构，他要详细知道"运-10"的全部状况。通过这次考察，王大珩详细了解了飞机的制

2000年11月21日，王大珩（左五）考察上海飞机制造厂，在"运-10"飞机旁留影

造过程，他从飞机的零件是怎么造的开始看，顺着原料的流程在车间里面从头走到尾，把整个生产线都看了一遍，一边看还一边仔细询问在场的车间工人，这些原料和配件有什么作用，是从哪里来的。当他得知这些零部件是出口给波音公司的，而且工艺和生产手段与美国的波音公司一模一样时，王大珩暗暗点头，心里有数了。

进入 21 世纪，中国经济飞速发展，国家实力迅速增强，无论是在经济上还是在技术上，都已经具备了发展大飞机的能力。

2001 年 2 月，在第 159 次香山科学会议上，王大珩坚定地提出：要像抓"两弹一星"一样发展大飞机。"以我为主，迎难而上！"王大珩发出了铿锵有力的呼声！经过一系列激烈讨论，与会专家在会议上达成了共识：要搞大飞机。2001 年 4 月 16 日，王大珩与参会专家一起，向国家呈送了《抓紧时机振兴我国航空工业的若干建议》。此后，2002 年 6 月，他又向有关部门报送了课题咨询报告——《我国大型军用飞机的发展思路》。

在倡议发展大飞机的过程中，一件令王大

第九章 以我为主,促"大飞机"立项

珩振奋的事,就是温家宝总理对大飞机一事非常关心,并多次探望他,这令他体会到领导人的关怀,更体会到国家对发展民族工业的重视。

2003年5月,温家宝总理到北京航空航天大学视察,在与学生们交谈时,总理提起,最近收到了王大珩写给他的一封信,信里谈到的就是大飞机问题。温总理深情地说,"(王大珩)已经是八十几岁的老人了,我准备给他回封信。他信里最惦记的是中国大型飞机的发展问题。解放50多年了,我们能造汽车了,能造战斗机了,但是我们还不能造大型客机。美国人要我们买波音,法国人让我们买空客……我总想什么时候中国的大型飞机能够研制成功并且上天。我相信,这个愿望是能实现的,可是实现这个愿望是非常艰巨的……"

2003年5月25日,温家宝总理亲自去王大珩家中看望了他。温总理握着王大珩的手,赞扬了他88岁高龄仍然心系国家科技发展的精神,他说,"王老最近就加快我国航空工业发展给我写了一份建议,今天我专门来听您的意见。"对于自己的建议引起了总理的重视和专门探望，王大珩心中十分激动。他向总理谈起：国家大力发展航空工业，要在开发、预研、人才培养等多方面予以倾斜！这些建议得到了总理的重视。在《国家中长期科学和技术发展规划纲要（2006—2020年）》中，大型飞机的发展被列为国家16个重大科技专项之一。

2006年1月5日，国防科学技术工业委员会（简称"国防科工委"）新闻发言人在国防科技工业工作会议新闻发布会上宣布，中国将在"十一五"期间，"适时启动大飞机的研制"。一石激起千层浪，整个业界沸腾了：中国要自主研制大飞机了！

大飞机令全国瞩目，令世界关注！2007年，国务院批准大飞机研制重大科技专项正式立项。2008年5月，中国商用飞机有限责任公司（简称"中国商飞"）在上海成立，承担了中国民用大型客机的研制任务。2008年5月12日，《人民日报》发表了温家宝总理的讲话：《让中国的大飞机翱翔蓝天》。

第九章 以我为主，促"大飞机"立项

大型飞机重大专项已经立项了，中国人要用自己的双手和智慧制造有国际竞争力的大飞机。让中国的大飞机飞上蓝天，既是国家的意志，也是全国人民的意志。我们一定要把这件事情做成功，实现几代人的梦想。这不仅是航空工业的需要，更是建设创新型国家的需要。大飞机研制会带动一批重大领域科技水平提升，将使中国整个客机制造业向更高领域迈进。

…………

研制大型飞机是党中央、国务院在新世纪做出的具有重大战略意义的决策，我们的研制工作一定还会面临诸多困难和挑战。要完成这一光荣的历史使命，需要我们有远见、勇气、信心和力量。只要我们有百折不挠的决心和钢铁般的意志，齐心协力，扎实工作，积极应对各种困难，我们就一定能够实现中华民族自主研制的大型飞机翱翔蓝天的梦想。

温总理的话铿锵有力、振奋人心，鼓舞了千千万万航空人以万分的热情投入到大飞机事业中。

2009年8月6日，天空飘着细雨。上午11时许，温总理冒着雨，来到了解放军总医院，再次看望病中的王大珩。

总理俯身在王大珩耳边大声说："大珩先生，我是温家宝，我来看看您。我不久前刚去了光机所，光机所大变样了，事业发展很快啊。"

"谢谢！"王大珩说。

总理又俯在王大珩耳边说："我们一起研究'863'计划，一起研究大飞机，您还记得吧？"

"记得！"病床上的王大珩十分清楚地回答。

"国产大飞机项目就是按您那时的建议定的。制造大飞机，就要靠国家意志。"

"好。"王大珩说。

第九章 以我为主，促"大飞机"立项

大飞机项目在中国已有了突飞猛进的发展。继"运-10"之后，我国自主设计的国产大型客机 C919，就是我国首款按照最新国际适航标准研制的干线民用飞机，具有完全自主知识产权。

2014 年 5 月 23 日，国家主席习近平在上海考察调研，他来到中国商用飞机设计研发中心，并亲自登上了 C919 展示样机的驾驶舱体验。在调研结束以后，习主席非常高兴，他殷殷叮嘱中国商飞公司的负责人："中国大飞机事业万里长征走了又一步，我们一定要有自己的大飞机。"

2017 年 5 月 5 日，中国首款国际主流水准的干线客机 C919 在上海浦东国际机场安全落地，首飞成功。首飞成功后，C919 转入适航取证阶段，这将意味着其距离面向市场更进了一步。中国的大飞机已经翱翔于蓝天，中国人做了百年的大飞机梦，实现了！

尾 声

心有大我，科技人永远最年轻

1985年，在自己70岁生日之际，王大珩填了一首词，以词言志：

> 光阴流逝，岁月峥嵘七十。
> 多少事，有志愿参驰，为祖国振兴。
> 光学老又新，前程端似锦。
> 搞这般专业很称心！

尾声 心有大我，科技人永远最年轻

"光学老又新，前程端似锦。"这是王大珩对光学未来发展的看法。他认为这门科学既老且新，传统光学与现代光学的结合，

老年王大珩

在新的世纪将绽放出夺目的光芒。如今，他一手创办的长春光机所以及由这个研究所分建和援建的各机构，在祖国大地上蓬勃发展，培养了大批优秀的人才，做出了大量有利于国计民生的杰出成果，获得了大量荣誉和奖励。这些机构开展光学科研，极大地促进了我国的航天、航空、光电子、仪器制造等高科技行业的巨大发展。

王大珩常说："我在光学方面的一些成绩是得到党和国家领导人的关怀和支持而取得的，是集体智慧的结晶。如果这些事情值得记录的话，功劳要归于大家，我只是其中的一员，绝无可以自诩之处。"

曾经有人把王大珩誉为光学界的一面旗帜，

还有人尊敬地称他为"中国光学之父"。面对这些赞誉，他总是谦虚地推辞，他说，如果称我为"光学之父"，那置严济慈以及我的老师们于何地？他常常怀念自己的老师，叶企孙、周培源、吴有训、严济慈……他想念老师的教诲，认为没有老师的教导，就没有自己的成才。而每当有人提起我国光学在半个多世纪里取得的巨大发展，他总是提到他的同事，龚祖同、王子馨、刘正经、余杰、吴学蔺、张作梅……他总是说这些人居功至伟，是他们的努力促进了这门学科的进步，他常称赞龚祖同先生的话是："我国光学事业的先驱者，应当提到龚祖同同志。他渊博的知识，严肃认真的工作作风，对培养后来者不遗余力，是我工作的榜样。正因如此，也使他具有国际声望并荣获国际高速摄影奖章的殊荣，他对国防光学的功绩理应载誉史册。"他总是对自己的成就避而不谈，总是不遗余力地赞颂他人的工作。

王大珩很少关注个人的发展前途，考虑的总是大局，压在他心头的，是沉甸甸的责任感。青年时代他前往英国留学，因为眷念国家前途，放弃了博士学位，改做光学玻璃实验师，学习要害、保密的光学玻璃制造技术。回国以后，他在大连大学工学院创办了应用物理系，倾心血办学，培养了一批人才，这些人后来成为我国光学领域的中流砥柱。中华人民共和国成立以后，他更是以毕生所学报效国家，从中国科学院仪器馆到长春光机所，王大珩心中的想法是，要把仪器制造事业搞起来，要把光学学科发展起来，自己肩上担负的责任真是太大了！他带领长春光机所从无到有，从小到大，从民用仪器到军用光学，使其发展成为中国最大的光学基地，为"两弹一星"做出巨大贡献。20世纪80年代以后，王大珩成长为战略科学家，为国家科技发展建言献策，在一系列重大科技决策背后，都能看到他的身影。

王大珩不仅关注中国光学事业的发展，还关注计量科学、仪器仪表科学的健康发展。他亲自组织相应的研究课题，积极促进这些学科的对外交流，出任过相关协会、组织的领导职务，组织过考察，向有关部门提出建议和报告。以仪器仪表学科为例，王大珩有一个经典的比喻：中国科学技术要像蛟龙一样腾飞，这条蛟龙头是信息技术，仪器仪表是蛟龙的眼睛，所以要画龙点睛。为了发展这门科学，王大珩多次向有关部门提出建议，如1995年，他与卢嘉锡、杨嘉墀等20位院士针对当时我国仪器仪表工业发展滞后的严峻形势，提出了"关于振兴我国仪器仪表工业的建议"。为了让建议落到实处，王大珩不顾年老体迈，总是亲自去往全国各地出差，对部分地区的仪器仪表行业进行了调查研究。例如，85岁高龄的时候，他曾亲自去上海、浙江、重庆进行调查研究。调研期间，每日从早到晚召开座谈会，参观企事业单位，甚至到夜里还在听取汇报。在重庆的时候，他一个下午就要去参观4个企业，最后累得连说话的力气都没有，回到北京便住进了医院。2004年，他和杨嘉墀、马大猷、师昌绪、金国藩等11位院士再次上书，提出"我国仪器仪表工业急需统一规划和归口管理"的建议。专家们认为，对仪器仪表工业急需加强统一规划和宏观调控，并希望尽快组织仪器仪表工业"'十五'计划"规划领导小组，对仪器仪表工业的发展做出规划。王大珩等人的建议得到了有关部门的赞同。可以说，王大珩为我国仪器仪表事业的发展立下了不可磨灭的功劳。如今，人们赞叹中国仪器仪表行业的飞速发展，都不会忘记他当初的疾呼和努力。

值得一提的是，王大珩还在颜色标准化等科学事业中做出了成绩。他担任全国颜色标准化技术委员会主任委员，倡议开展中国颜色体系研究和建立中国颜色体系标准。在确定研究方向时，他提出做中国人眼颜色视觉实验，以便使研究成果具有自主知识产权；在寻求立项和经费支持时，他或亲自出马，或写信，得到了国家科学技术委员会、国家自然科学基金委员会和中国科学院的支持。为了研制中国颜色体系样册，他多次到天津工厂进行现场指导。1989年3月，他在出席全国政协会议讨论《国旗法》时，了解到不同厂家生产的国旗颜色不一致的情况后，便致信全国人大法律工作委员会，说明制定国旗技术标准和颜色标准的意义和必要性，从而促成了中华人民共和国国家标准《国旗》（GB12982—91）

和《国旗颜色标准样品》（GB12983—91）制定出台。因此，王大珩也被誉为我国颜色标准化事业的开创者和奠基人。

王大珩的毕生志向是为有一个强大的中国而奋斗，他用一生的行动切实履行了他的志向，他以不断追求、努力奋斗践行了自己的志愿。从1936年大学毕业到2011年，王大珩从事科学事业长达75年，一直在工作岗位上奋斗，从未有片刻休息，他脑子里永远想的是，要怎样做才能促进中国的科技事业更好地发展。他何止实现了母校清华大学提倡的"为祖国健康工作50年"的口号，他有一颗永不停歇的心，要把每一分、每一秒都用在工作上，放在思考上！他关注祖国的光学事业，关注国家的科技发展，从未停下过探索的步伐。

曾有一位记者采访王大珩，采访稿上写了一句话："王大珩赋闲在家"。王大珩看了之后十分不乐意，他说，我怎么是"赋闲"呢？我一直都在工作！王大珩确实是这样的，他的秘书曾做过一个工作统计，1993—2003年，除了参加每年的院士大会和院工作会议，王大珩参加各类科研成果鉴定会多达82次，参加学术活动（国内外学术会议、工作会议和研讨会）135次，参加各类纪念活动40次，参加与"863"计划、"921"工程相关的活动11次，提各种建议22次，参加人才培养或科研会议4次，参加奖励或顾问工作17项，发表文章或做学术报告共计260篇。此外，他还到美国、韩国、日本等国参加学术交流，促进科技合作。这样大的工作量，对一位八旬老人来说，是十分不易的。由此也可看出，王大珩有一颗火热的心，他精力充沛，有极强的求知欲和探索心，他像一位年轻人一样，向前的步伐永远都停不下来。

王大珩的工作档案完整地记录了他每一年的工作情况。令人惊叹的是，他每一年都有新的收获，每一年的工作都安排得十分饱和。以2005年为例，这一年他已经90岁高龄，但还在奋战，他认真记录下了这一年开展工作的情况。2005年3月，他曾经因为手术治疗在家休养了好几个月。病中，他完成了《关于国家中长期科技规划纲要的建议》，对先进制造、信息、工程、交通、航空工业及激光技术，对科研基础理论的研究、国家标准化体系、科学基础设施及人才培养等提出了建议。同年3月29日，他给当时的总装备部（今中央军委装备发展部）主任朱光亚写了一封信，对国际空间环境、空间对地侦察大型光学装备的研制、"神舟"系列飞船及小侦察卫星的应用以及定向能武器的研制提出了自己的看法。7月，经过医生检查，各项身体指标达到正常，他便迫不及待地返回了工作岗位：他听取了长春光机所的工作汇报，了解载人飞船"神舟六号"的工作进度；他关心国家太阳望远镜研究工作，参加了参观、考察工作……尤其是这一年8月，他最开心的一件事，就是长春光机所承办了被视为国际光学界奥林匹克运动会的第20届国际光学委员会大会。这是该组织自1946年成立以来第一次在中国召开全体成员国代表大会，这意味着中国光学的发展水平已被国际上认可，并已在世界上占有了一席之地！

王大珩早已准备好参加这次大会，他要亲眼见证我国光学历史上的荣光！但在离开会还有一周时，王大珩却因发烧住进了医院，躺在病床上，他还挂念着大会的发言。他找来了激光医学专家顾瑛教授，请她帮助修改并打印自己早已准备好的英文演讲稿。王大珩的眼睛不好，看东西很吃力，所以顾瑛每天傍晚都要去医院为他读一读演讲稿。顾瑛一边读，他一边闭着眼睛靠在床上仔细聆听。顾瑛读完一遍以后，他便逐字逐句指出来文稿哪一处有问题，哪里还需要修改。

开会的那天是 2005 年 8 月 22 日，来自 38 个国家和地区的近千位光学领域的专家和学者齐聚长春，参加这场盛会。尽管王大珩的身体还没有完全康复，但他欣然前来，心情既愉悦又激动。他热情地接待了与会专家，欢迎他们远道而来参加大会。他还做了大会开幕致辞，在 40 分钟的演讲中，他几乎完全脱稿，介绍了长春光机所的历史和发展情况以及正在进行的科学研究。报告有理有据，十分精彩。他向与会者传达了这样的信息："我们今后要在基础研究和创新方面做出更大的努力。我认为本世纪是科技的国际合作时代，特别对那些需要依赖全世界科学家的共

王大珩在第20届国际光学委员会大会及展览会上接待外宾

同努力才能完成的，造福于人类的重大科技计划。"王大珩丰富的专业知识、充实的讲演内容和流利的英文，令与会人员深感佩服！

王大珩总是在争分夺秒地工作，长年累月的思考令他感到自己的脑袋十分灵活，他总是精神饱满，感到自己有不输于年轻人的活力和朝气。在王大珩90华诞的时候，他的弟弟妹妹们写了一首诗，赞颂了老当益壮的兄长：

九旬老栀梅，遒劲丛中开。
执着春意浓，阵阵晚香来！

在王大珩从事科学事业73年暨95华诞时，光学界同人编辑出版了《光耀人生——王大珩学术思想与创新贡献》一书，书里的第一篇综述性文章《赤子丹心　中华之光》，是由陈星旦院士根据多位院士（如母国光、杜祥琬、丁衡高、周炳琨、张钟华、周立伟、林尊琪）和专家提供的意见写成的，文中有一段很精彩的话，简明、客观而恰当地叙说了战略科学家王大珩的追求：

> 王大珩从事科学技术活动的领域是很广泛的，方式是多样的，贡献是多方面的。一个科学家，可以通过不同途径，从不同层次对社会的科技进步做出贡献。不少科学家，终生在自己的科研领域勤奋耕耘，著书立说，发明创造。他们的科学成就，打上了个人的标记，汇集在科学技术发展的历史长河中。也有一些科学家，特别是在一个国家的科学发展初期，他们是先行者。他们在国家的科学园地中披荆斩棘，给后来者开辟领域，指引道路。他们不一定直接从事耕耘，而是把

自己的智慧和努力，融合在他人的科研成果中。基于王大珩所处的时代和经历，他既进行科学研究，密切结合实际，充分发挥自己的智慧和能力，而且常以远瞻的目光向国家提出重大的科学发展建议。王大珩早期作为科学专家，后来作为科学组织者和战略科学家，在振兴祖国科学技术的宏伟事业中，走过了数十年奋进的道路，做出了卓越的贡献。

这段话较好地概述了王大珩毕生的科学追求和他走过的光辉道路。

2010年，王大珩在一篇发展中国航空事业的建议文章中写道："我们这些老科技工作者的最高追求就是为国家、为民族负更多的责任，尽更多的义务。今年我已95岁了，仍希望为祖国和人民服务鞠躬尽瘁。"他用真切而朴实的语言，表达了作为一名科学家对祖国和人民的无限热爱和对科学事业的眷恋。

王大珩总是密切关注我国光学事业和国家的科学技术事业，并以实干推动光学学科一步步前进，以建言促进科学长远发展。他放眼未来，目光远大，指导他一直向前的，是求知、求是的科学精神。王大珩最常说的，"面向需求，务实求是，传承辟新，寻优勇进"，这十六个字，既有历史长度，又有思考和认识上的厚度，体现了他为人处世的方法和行为准则，指导了他一生的追求。

在浩瀚的太空中，有一颗小行星名字就叫作"王大珩星"。这颗发现于1997年2月15日、编号为17693号的小行星，在2002年3月28日经国际天文学联合会小天体提名委员会批准后，被命名为"王大珩星"。2010年2月26日，在王大珩95岁生日之际，在"王大珩学术思想与创新贡献研讨会"上，还举办了"王大珩星"的命名仪式。当时王大珩已经卧病在床，无法出席这一盛大仪式，由他的夫人顾又芬女士代他出席，接受这份殊荣。顾又芬接过这份小行星的命名证书后，现场掌声雷动，"王大珩星"正是王大珩科学精神的永恒体现！

2011年7月21日，王大珩在北京逝世，享年96岁。7月29日清晨，北京下着滂沱大雨，社会各界人士自发齐聚八宝山，送别并悼念这位光学泰斗、"两弹一星"功勋科学家。人们惋惜他的离去，怀念他为光学事业、为国家科技事业立下的赫赫功劳！

王大珩虽然已经离开了人世，但他的志向和科学精神代代传承。在光学界，他亲手建设的长春光机所正欣欣向荣地发展着，他开创的光学事业在新世纪走出了新的方向。"两弹一星""863"计划、中国工程院、"大飞机"，这些在中国科技界影响深远的事件里都有王大珩的名字，他从光学专家、光学事业的组织者成长为一名战略科学家的一生值得被人们永远铭记！

王大珩纪念园雕塑

后　记

王大珩院士，被誉为我国光学界的一面旗帜，但他不仅仅是一名光学家，倾毕生心血，只为打造出我国强大的光学基地。他更是一名伟大的战略科学家，他晚年时为国家建言献策，参与了许多有关国计民生的重大科技事件，促进和促成了我国科技史上一系列的大事件。

2014年，我有幸承担了中国科协的王大珩院士学术成长资料采集工程项目，这于我是一个难得的机会。在项目进行过程中，我整理、研读了大量有关王老的资料。几年下来的收获，除出版了一册 30 余万字的采集工程学术报告（《赤子丹心 中华之光——王大珩传》）、撰写过一些相关小文之外，我对王老的科学人生也有了深入的了解，对王老科学精神的研究也有了一些进展。所以，当中国科学技术出版社的符晓静编辑询问"能否结合王老采集工作和人物研究的心得，写一本科普小读物，向大众读者介绍一些王老的事迹，展现老一辈科学家爱国、奉献的精神"时，我欣然答应，于是便有了《王大珩：赤子丹心 光耀中华》。

总的来说，《王大珩：赤子丹心 光耀中华》还是在《赤子丹心 中华之光——王大珩传》的研究基础上完成的，只不过，前者是一本资料性的史料图书，主要以学术传记的形式展现王老的学术人生，供科技史，尤其是光学史研究学者参考；而本书面向的读者群体则更大众化，所以我选取的主要是王老有代表性的事迹，力图简明扼要，以朴素的语言来展现科学家的事迹，凸显科学家为祖国科学发展而奋斗终生的感人情怀和求真务实的科学精神。

后记

在写作中，我花了很长时间来重温过去几年积累的访谈记录和大量案头资料，心中对给予了我帮助的人们充满了感恩。王老的女儿王森研究员对我一直都非常亲切，她不仅为我提供了大量的线索，还曾在2015年冬天，带我去王老奋斗过的长春光机所参观、座谈，始终与我保持着交流，多次鼓励我静下心来写作、研究。在王老的同事、下属、学生中，有许多人都热心地接受了我的访谈，他们力图从不同的口述中，真实还原王老的形象，令我对王老有了全面而深刻的了解。像陈星旦院士、王之江院士、干福熹院士、姚骏恩院士、潘君骅院士、周立伟院士、金国藩院士、高镇同院士、姜会林院士……他们中很多人年事已高，但他们怀着对王老真诚的敬爱，从不同侧面讲述了自己与王老交往的点点滴滴。长春光机所档案部门还对我开放了他们所存有的王老遗留资料，从而令我能够全面掌握王老的生平，并从事后续的研究工作。还有许多其他相关人和单位，听说我要了解王老的情况，都纷纷热情地接待我，在这里我一并表示深深的感谢！特别要说的是，本书的顺利完成，离不开中国工程院原秘书长葛能全先生的帮助。他在过去的几年中，一直为我的研究提供素材。他还用实际行动，或是亲笔撰文，或是给我授课，教会了我写作科学家传记的方法，令我在人物传记研究领域终身受益。

胡晓菁

2020 年 11 月